Friedrich Schiller, Louis-Benoît Picard, Alfred Clement

Der Neffe als Onkel; Lutspiel in drei Aufzügen

Antigonos

Friedrich Schiller, Louis-Benoît Picard, Alfred Clement

Der Neffe als Onkel; Lutspiel in drei Aufzügen

Unveränderter Nachdruck der Originalausgabe von 1873.

1. Auflage 2024 | ISBN: 978-3-38643-085-2

Antigonos Verlag ist ein Imprint der Outlook Verlagsgesellschaft mbH.

Verlag: Outlook Verlag GmbH, Zeilweg 44, 60439 Frankfurt, Deutschland
Vertretungsberechtigt: E. Roepke, Zeilweg 44, 60439 Frankfurt, Deutschland
Druck: Libri Plureos GmbH, Friedensallee 273, 22763 Hamburg, Deutschland

Perſonen:

Oberſt von Dorſigny.

Frau von Dorſigny.

Sophie, ihre Tochter.

Franz von Dorſigny, ihr Neffe.

Frau von Mirville, ihre Nichte.

Lormeuil, Sophiens Bräutigam.

Valcour, Freund des jungen Dorſigny.

Champagne, Bedienter des jungen Dorſigny.

Ein Notar.

Zwei Unterofficiere.

Ein Poſtillon.

Jasmin, Diener in Dorſigny's Hauſe.

Drei Lakaien.

Die Scene iſt ein Saal mit einer Thür im Fond, die zu einem Gar=
ten führt. Auf beiden Seiten ſind Kabinetsthüren.

Erster Aufzug.

Erster Auftritt.

„Herr von Valcour wird ersucht, diesen Abend um „sechs Uhr sich im Gartensaal des Herrn von Dor= „signy einzufinden. Er kann zu dem kleinen Pfört= „chen herein kommen, das den ganzen Tag offen ist." — Keine Unterschrift! — Hm! Hm! Ein seltsames Abenteuer — Ist's vielleicht eine hübsche Frau, die mir hier ein Rendezvous geben will? — Das wäre aller= liebst. — Aber still! Wer sind die beiden Figuren, die eben da eintreten, wo ich hereingekommen bin?

Zweiter Auftritt.

Franz von Dorsigny und Champagne, beide in Mäntel eingewickelt. Valcour.

Dorsigny (seinen Mantel an Champagne gebend). Ei, guten Abend, lieber Valcour!

Valcour. Was? Bist du's, Dorsigny? Wie kommst du hieher? Und wozu diese sonderbare Aus= staffirung — diese Perrücke und diese Uniform, die nicht von deinem Regiment ist?

Dorsigny. Meiner Sicherheit wegen. — Ich habe mich mit meinem Oberstlieutenant geschlagen; er

ist schwer verwundet, und ich komme, mich in Paris zu
verbergen.   Weil man mich aber in meiner eigenen
Uniform gar zu leicht erkennt, so habe ich's fürs sicher-
ste gehalten, das Costume meines Onkels anzunehmen.
Wir sind so ziemlich von einem Alter, wie du weißt,
und einander an Gestalt, an Größe, an Farbe bis
zum Verwechseln ähnlich und führen überdieß noch ei-
nerlei Namen.   Der einzige Unterschied ist, daß der
Oberst eine Perrücke trägt, und ich meine eignen Haare
— Jetzt aber, seitdem ich mir seine Perrücke und die
Uniform seines Regiments zulegte, erstaune ich selbst
über die große Aehnlichkeit mit ihm.   In diesem Augenblick komme ich an und bin erfreut, dich so pünkt-
lich bei dem Rendezvous zu finden.

Valcour.   Bei dem Rendezvous? Wie? Hat sie
dir auch was davon vertraut?

Dorsigny.   Sie? Welche sie?

Valcour.   Nun, die hübsche Dame, die mich in
einem Billet hieher beschieden? Du bist mein Freund,
Dorsigny, und ich habe nichts Geheimes vor dir.

Dorsigny (lachend).   Die allerliebste Dame!

Valcour.   Worüber lachst du?

Dorsigny.   Ich bin die schöne Dame, Valcour.

Valcour.   Du?

Dorsigny.   Das Billet ist von mir.

Valcour.   Ein schönes Quiproquo, zum Teufel!
— Was fällt dir aber ein, deine Briefe nicht zu unterzeichnen? — Leute von meinem Schlag können sich bei
solchen Billets auf etwas ganz anders Rechnung machen — Aber da es so steht, gut! Wir nehmen einander nichts übel, Dorsigny — Also ich bin dein gehor-
samer Diener.

Dorsigny. Warte doch! Warum eilst du so hinweg? Es lag mir viel daran, dich zu sprechen, ehe ich mich vor jemand anderem sehen ließ. Ich brauche deines Beistands; wir müssen Abrede mit einander nehmen.

Valcour. Gut — Du kannst auf mich zählen; aber jetzt laß mich, ich habe dringende Geschäfte —

Dorsigny. So? Jetzt, da du mir einen Dienst erzeigen sollst? — Aber zu einem galanten Abenteuer hattest du Zeit übrig.

Valcour. Das nicht, lieber Dorsigny. Aber ich muß fort; man erwartet mich.

Dorsigny. Wo?

Valcour. Beim l'Hombre.

Dorsigny. Die große Angelegenheit!

Valcour. Scherz bei Seite! Ich habe dort Ge= legenheit, die Schwester deines Oberstlieutenants zu sehen — Sie hält was auf mich; ich will dir bei ihr das Wort reden.

Dorsigny. Nun, meinetwegen. Aber thu' mir den Gefallen, meiner Schwester, der Frau von Mir= ville, im Vorbeigehen wissen zu lassen, daß man sie hier im Gartensaale erwarte — Nenne mich aber nicht, hörst du?

Valcour. Da sei außer Sorgen! Ich habe keine Zeit dazu und will es ihr hinauf sagen lassen, ohne sie nur einmal zu sehen. Uebrigens behalte ich mir's vor, bei einer andern Gelegenheit ihre nähere Bekanntschaft zu machen. Ich schätze den Bruder zu sehr, um die Schwester nicht zu lieben, wenn sie hübsch ist, versteht sich.

(Ab.)

Dritter Auftritt.
Dorsigny. Champagne.

Dorsigny. Zum Glück brauche ich seinen Beistand so gar nöthig nicht — Es ist mir weniger um das Verbergen zu thun (denn vielleicht fällt es Niemand ein, mich zu verfolgen), als um meine liebe Cousine Sophie wieder zu sehen.

Champagne. Was Sie für ein glücklicher Mann sind, gnädiger Herr! — Sie sehen ihre Geliebte wieder und ich (seufzt) meine Frau! Wann geht's wieder zurück in's Elsaß — wir lebten wie die Engel, da wir fünfzig Meilen weit von einander waren.

Dorsigny. Still! Da kommt meine Schwester!

Vierter Auftritt.
Vorige. Frau von Mirville.

Fr. v. Mirville. Ah! Sind Sie es? Sei'n Sie von Herzen willkommen!

Dorsigny. Nun, das ist doch ein herzlicher Empfang!

Fr. v. Mirville. Das ist ja recht schön, daß Sie uns so überraschen! Sie schreiben, daß Sie eine lange Reise vorhätten, von der Sie frühestens in einem Monat zurück sein könnten, und vier Tage darauf sind Sie hier.

Dorsigny. Geschrieben hätt' ich und an wen?

Fr. v. Mirville. An meine Tante! (Steht den Champagne, der seinen Mantel ablegt.) Wo ist denn aber Herr von Lormeuil?

Dorsigny. Wer ist der Herr von Lormeuil?

Fr. v. Mirville. Ihr künftiger Schwiegersohn.

Dorsigny. Sage mir, für wen hältst du mich?

Fr. v. Mirville. Nun, doch wohl für meinen Onkel?

Dorsigny. Ist's möglich! Meine Schwester erkennt mich nicht?

Fr. v. Mirville. Schwester? Sie — mein Bruder?

Dorsigny. Ich — dein Bruder.

Fr. v. Mirville. Das kann nicht sein. Das ist nicht möglich. Mein Bruder ist bei seinem Regiment zu Straßburg, mein Bruder trägt sein eigenes Haar, und das ist auch seine Uniform nicht — und so groß auch sonst die Aehnlichkeit —

Dorsigny. Eine Ehrensache, die aber sonst nicht viel zu bedeuten haben wird, hat mich genöthigt, meine Garnison in aller Geschwindigkeit zu verlassen; um nicht erkannt zu werden, steckte ich mich in diesen Rock und diese Perrücke.

Fr. v. Mirville. Ist's möglich? — O so laß dich herzlich umarmen, lieber Bruder — Ja, nun fange ich an, dich zu erkennen! Aber die Aehnlichkeit ist doch ganz erstaunlich.

Dorsigny. Mein Onkel ist also abwesend?

Fr. v. Mirville. Freilich, der Heirath wegen.

Dorsigny. Der Heirath? — Welcher Heirath?

Fr. v. Mirville. Sophiens, meiner Cousine.

Dorsigny. Was hör' ich? Sophie soll heirathen?

Fr. v. Mirville. Ei freilich! Weißt du es denn nicht.

Dorsigny. Mein Gott! Nein!

Champagne (nähert sich). Nicht ein Wort wissen wir.

Fr. v. Mirville. Herr von Lormeuil, ein alter Kriegskamerad des Onkels, der zu Toulon wohnt, hat für seinen Sohn um Sophien angehalten.—Der junge Lormeuil soll ein sehr liebenswürdiger Mann sein, sagt man; wir haben ihn noch nicht gesehen. Der Onkel holt ihn zu Toulon ab; dann wollen sie eine weite Reise zusammen machen, um ich weiß nicht welche Erb=schaft in Besitz zu nehmen. In einem Monat denken sie zurück zu sein, und wenn du alsdann noch da bist, so kannst du zur Hochzeit mittanzen.

Dorsigny. Ach, liebe Schwester! — Redlicher Champagne! Rathet, helft mir! Wenn ihr mir nicht beisteht, so ist es aus mit mir, so bin ich ver=loren!

Fr. v. Mirville. Was hast du denn, Bruder? Was ist dir?

Champagne. Mein Herr ist verliebt in seine Coustne.

Fr. v. Mirville. Ah, ist es das!

Dorsigny. Diese unglückselige Heirath darf nun und nimmermehr zu Stand kommen.

Fr. v. Mirville. Es wird schwer halten, sie rückgängig zu machen. Beide Väter sind einig, das Wort ist gegeben, die Artikel sind aufgesetzt, und man erwartet bloß noch den Bräutigam, sie zu unterzeichnen und abzuschließen.

Champagne. Geduld! — Hören Sie — (Tritt zwischen beide.) Ich habe einen sublimen Einfall!

Dorsigny. Rede!

Champagne. Sie haben einmal den Anfang ge=macht, Ihren Onkel vorzustellen. Bleiben Sie dabei! Führen Sie die Rolle durch.

Fr. v. Mirville. Ein schönes Mittel um die Nichte zu heirathen.

Champagne. Nur gemach! Lassen Sie mich meinen Plan entwickeln. — Sie spielen also Ihren Onkel? Sie sind nun Herr hier im Hause, und Ihr erstes Geschäft ist, die bewußte Heirath wieder aufzuheben — Sie haben den jungen Lormeuil nicht mitbringen können, weil er — weil er gestorben ist — Unterdessen erhält Frau von Dorsigny einen Brief von Ihnen, als dem Neffen, worin Sie um die Cousine anhalten. — Das ist mein Amt! Ich bin der Kourier, der den Brief von Straßburg bringt — Frau von Dorsigny ist verliebt in ihren Neffen; sie nimmt diesen Vorschlag mit der besten Art von der Welt auf; sie theilt ihn Ihnen als ihrem Eheherrn mit, und Sie lassen sich's, wie billig, gefallen. Nun stellen Sie sich, als wenn Sie aufs eiligste verreisen müßten; Sie geben der Tante unbedingte Vollmacht, diese Sache zu Ende zu bringen. Sie reisen ab, und den andern Tag erscheinen Sie in Ihren natürlichen Haaren und in der Uniform Ihres Regiments wieder, als wenn Sie eben spornstreichs von Ihrer Garnison herkämen. Die Heirath geht vor sich; der Onkel kommt stattlich angezogen mit seinem Bräutigam, der den Platz glücklich besetzt findet und nichts Besseres zu thun hat, als umzukehren und sich entweder zu Toulon oder in Ostindien eine Frau zu holen.

Dorsigny. Glaubst du, mein Onkel werde das so geduldig —

Champagne. O er wird aufbrausen, das versteht sich! Er wird heiß werden am Anfang — Aber er liebt Sie! er liebt seine Tochter! Sie geben ihm die besten Worte, versprechen ihm eine Stube voll artiger Enkelchen, die ihm alle so ähnlich sehen sollen, wie Sie selbst. Er lacht, besänftigt sich, und Alles ist vergessen.

Fr. v. Mirville. Ich weiß nicht, ist es das Tolle dieses Einfalls, aber er fängt an, mich zu reizen.

Champagne. O er ist himmlisch, der Einfall!

Dorsigny. Lustig genug ist er, aber nur nicht ausführbar — meine Tante wird mich wohl für den Onkel ansehen! —

Fr. v. Mirville. Habe ich's doch.

Dorsigny. Ja, im ersten Augenblicke.

Fr. v. Mirville. Wir müssen ihr keine Zeit lassen, aus der Täuschung zu kommen. Wenn wir die Zeit benutzen, so brauchen wir auch nur einen Augen= blick — Es ist jetzt Abend, die Dunkelheit kommt uns zu statten; diese Lichter leuchten nicht hell genug, um den Unterschied bemerklich zu machen. Den Tag brauchst du gar nicht zu erwarten — du erklärst sogleich, daß du noch in der Nacht wieder fortreisen müssest, und morgen erscheinst du in deiner wahren Person. Geschwind ans Werk! wir haben keine Zeit zu verlieren — Schreibe den Brief an unsere Tante, den dein Champagne als Kourier überbringen soll, und worin du um Sophien anhältst.

Dorsigny (an den Schreibtisch gehend). Schwester! Schwe= ster! du machst mit mir, was du willst.

Champagne (sich die Hände reibend). Wie freue ich mich über meinen klugen Einfall! Schade, daß ich schon eine Frau habe; ich könnte hier eine Hauptrolle spielen, an= statt jetzt bloß den Vertrauten zu machen.

Fr. v. Mirville. Wie das, Champagne?

Champagne. Ei nun, das ist ganz natürlich. Mein Herr gilt für seinen Onkel, ich würde den Herrn von Lormeuil vorstellen, und wer weiß, was mir am

Ende nicht noch blühen könnte, wenn meine verdammte Heirath —

Fr. v. Mirville. Wahrhaftig, meine Cousine hat Ursache, sich darüber zu betrüben!

Dorsigny (siegelt den Brief und gibt ihn an Champagne). Hier ist der Brief. Richt' es nun ein, wie du willst! Dir überlaß ich mich.

Champagne. Sie sollen mit mir zufrieden sein — In wenigen Augenblicken werde ich damit als Kourier von Straßburg ankommen, gespornt und gestiefelt, trie=fend von Schweiß. — Sie, gnädiger Herr, halten sich wacker. — Muth, Dreistigkeit, Unverschämtheit, wenn's nöthig ist. — Den Onkel gespielt, die Tante angeführt, die Nichte geheirathet und, wenn alles vorbei ist, den Beutel gezogen und den redlichen Diener gut bezahlt, der Ihnen zu allen diesen Herrlichkeiten verholfen hat.

(Ab.)

Fr. v. Mirville. Da kommt die Tante. Sie wird dich für den Onkel ansehen. Thu', als wenn du nothwendig mit ihr zu reden hättest, und schick' mich weg.

Dorsigny. Aber was werd' ich ihr denn sa=gen?

Fr. v. Mirville. Alles, was ein galanter Mann seiner Frau nur Artiges sagen kann.

Fünfter Auftritt.

Frau von Mirville. Frau von Dorsigny. Franz von Dorsigny.

Fr. v. Mirville. Kommen Sie doch, liebe Tante! Geschwind! der Onkel ist angekommen.

Fr. v. Dorsigny. Wie? Was? Mein Mann?

— Ja wahrhaftig, da ist er! — Herzlich willkommen, lieber Dorsigny — So bald erwartete ich Sie nicht — Nun! Sie haben doch eine glückliche Reise gehabt? — Aber wie so allein? Wo sind Ihre Leute? Ich hörte doch Ihre Kutsche nicht — Nun wahrhaftig — ich besinne mich kaum — ich zittre vor Ueberraschung und Freude —

Fr. v. Mirville (heimlich zu ihrem Bruder). Nun, so rede doch! Antworte frisch weg!

Dorsigny. Weil ich nur auf einen kurzen Besuch hier bin, so komm' ich allein und in einer Miethkutsche — Was aber die Reise betrifft, liebe Frau — die Reise — ach! die ist nicht die glücklichste gewesen.

Fr. v. Dorsigny. Sie erschrecken mich! — Es ist Ihnen doch kein Unglück zugestoßen?

Dorsigny. Nicht eben mir! mir nicht! — Aber diese Heirath — (Zu Frau von Mirville.) Liebe Nichte, ich habe mit der Tante —

Fr. v. Mirville. Ich will nicht stören, mein Onkel. (Ab.)

Sechster Auftritt.

Frau von Dorsigny. Franz von Dorsigny.

Fr. v. Dorsigny. Nun, lieber Mann! diese Heirath —

Dorsigny. Aus dieser Heirath wird — nichts.

Fr. v. Dorsigny. Wie? Haben wir nicht das Wort des Vaters?

Dorsigny. Freilich wohl! Aber der Sohn kann unsere Tochter nicht heirathen.

Fr. v. Dorsigny. So? Und warum denn nicht?

Dorsigny (mit starkem Ton). Weil — weil er todt ist.

Fr. v. Dorsigny. Mein Gott, welcher Zufall!

Dorsigny. Es ist ein rechter Jammer. Dieser junge Mann war, was die meisten jungen Leute sind, so ein kleiner Wüstling. Einen Abend bei einem Balle fiel's ihm ein, einem artigen hübschen Mädchen den Hof zu machen; ein Nebenbuhler mischte sich drein und erlaubte sich beleidigende Scherze. Der junge Lormeuil, lebhaft, aufbrausend, wie man es mit zwanzig Jahren ist, nahm das übel; zum Unglück war er an einen Raufer von Profession gerathen, der sich nie schlägt, ohne seinen Mann — zu tödten. Und diese böse Gewohnheit behielt auch jetzt die Oberhand über die Geschicklichkeit seines Gegners; der Sohn meines armen Freundes blieb auf dem Platz mit drei tödtlichen — Stichen im Leibe.

Fr. v. Dorsigny. Barmherziger Himmel! Was muß der Vater dabei gelitten haben!

Dorsigny. Das können Sie denken! Und die Mutter!

Fr. v. Dorsigny. Wie? Die Mutter, die ist ja im letzten Winter gestorben, so viel ich weiß.

Dorsigny. Diesen Winter — ganz recht! Mein armer Freund Lormeuil! Den Winter stirbt ihm seine Frau, und jetzt im Sommer muß er den Sohn in einem Duell verlieren! — Es ist mir auch schwer angekom=men, ihn in seinem Schmerz zu verlassen! Aber der Dienst ist jetzt so scharf! Auf den zwanzigsten müssen alle Officiere — beim Regiment sein! Heut ist der neunzehnte, und ich habe nur einen Sprung nach Paris gethan und muß schon heute Abend wieder — nach mei=ner Garnison zurückreisen.

Fr. v. Dorsigny. Wie? So bald?

Dorsigny. Das ist einmal der Dienst! Was ist zu machen? Jetzt auf unsere Tochter zu kommen —

Fr. v. Dorsigny. Das liebe Kind ist sehr niedergeschlagen und schwermüthig, seitdem Sie weg waren.

Dorsigny. Wissen Sie, was ich denke? Diese Partie, die wir ihr ausgesucht, war — nicht nach ihrem Geschmack.

Fr. v. Dorsigny. So! Wissen Sie?

Dorsigny. Ich weiß nichts — Aber sie ist fünfzehn Jahre alt — Kann sie nicht für sich selbst schon gewählt haben, eh' wir es für sie thaten?

Fr. v. Dorsigny. Ach Gott ja! Das begegnet alle Tage.

Dorsigny. Zwingen möchte ich ihre Neigung nicht gern.

Fr. v. Dorsigny. Bewahre uns Gott davor!

Siebenter Auftritt.

Die Vorigen. Sophie.

Sophie (beim Anblick Dorsigny's stutzend). Ah! mein Vater —

Fr. v. Dorsigny. Nun, was ist dir? Fürchtest du dich, deinen Vater zu umarmen?

Dorsigny (nachdem er sie umarmt, für sich). Sie haben's doch gar gut, diese Väter! Alles umarmt sie!

Fr. v. Dorsigny. Du weißt wohl noch nicht, Sophie, daß ein unglücklicher Zufall deine Heirath getrennt hat?

Sophie. Welcher Zufall?

Fr. v. Dorsigny. Herr von Lormeuil ist todt.

Sophie. Mein Gott!

Dorsigny (hat sie mit den Augen fixiert). Ja, nun — was sagst du dazu, meine Sophie?

Sophie. Ich, mein Vater? — Ich beklage diesen unglücklichen Mann von Herzen — aber ich kann es nicht anders als für ein Glück ansehen, daß — daß sich der Tag verzögert, der mich von Ihnen trennt.

Dorsigny. Aber, liebes Kind! wenn du gegen diese Heirath — etwas einzuwenden hattest, warum sag=test du uns nichts davon? Wir denken ja nicht daran, deine Neigung zwingen zu wollen.

Sophie. Das weiß ich, lieber Vater — aber die Schüchternheit —

Dorsigny. Weg mit der Schüchternheit! Rede offen! Entdecke mir dein Herz.

Fr. v. Dorsigny. Ja, mein Kind! Höre deinen Vater! Er meint es gut! Er wird dir gewiß das Beste rathen.

Dorsigny. Du haßtest also diesen Lormeuil zum voraus — recht herzlich?

Sophie. Das nicht — aber ich liebte ihn nicht.

Dorsigny. Und du möchtest keinen heirathen, als den du wirklich liebst?

Sophie. Das ist wohl natürlich.

Dorsigny. Du liebst also — einen andern?

Sophie. Das habe ich nicht gesagt.

Dorsigny. Nun, nun, beinahe doch — Heraus mit der Sprache! Laß mich alles wissen.

Fr. v. Dorsigny. Fasse Muth, mein Kind! Vergiß, daß es dein Vater ist, mit dem du redest.

Dorsigny. Bilde dir ein, daß du mit deinem besten, deinem zärtlichsten Freunde sprächest — und der, den du liebst, weiß er, daß er geliebt wird?

Sophie. Behüte der Himmel! Nein.

Dorsigny. Ist's noch ein junger Mensch?

Sophie. Ein sehr liebenswürdiger junger Mann, und der mir darum doppelt werth ist, weil jedermann findet, daß er Ihnen gleicht — ein Verwandter von uns, der unsern Namen führt—Ach! Sie müssen ihn er=rathen.

Dorsigny. Noch nicht ganz, liebes Kind!

Fr. v. Dorsigny. Aber ich errath' ihn! Ich wette, es ist ihr Vetter, Franz Dorsigny.

Dorsigny. Nun, Sophie, du antwortest nichts?

Sophie. Billigen Sie meine Wahl?

Dorsigny. (seine Freude unterdrückend, für sich). Wir müssen den Vater spielen. — Aber mein Kind — das müssen wir denn doch bedenken.

Sophie. Warum bedenken? Mein Vetter ist der beste, verständigste —

Dorsigny. Der? Ein Schwindelkopf ist er, ein Wildfang, der in den zwei Jahren, daß er weg ist, nicht zweimal an seinen Onkel geschrieben hat.

Sophie. Aber mir hat er desto fleißiger ge=schrieben, mein Vater!

Dorsigny. So? hat er das? Und du hast ihm wohl — frischweg geantwortet? Hast du? Nicht?

Sophie. Nein, ob ich gleich große Lust dazu hatte. — Nun, Sie versprachen mir ja diesen Augen=blick, daß Sie meiner Neigung nicht entgegen sein wollten — Liebe Mutter, reden Sie doch für mich.

Fr. v. Dorsigny. Nun, nun, gib nach, lieber Dorsigny — Es ist da weiter nichts zu machen - und gesteh' nur, sie hätte nicht besser wählen können.

Dorsigny. Es ist wahr, es läßt sich Manch-s dafür sagen — Das Vermögen ist von beiden Seiten gleich, und gesetzt, der Vetter hätte auch ein bißchen

leichtsinnig gewirthschaftet, so weiß man ja, die Hei=
rath bringt einen jungen Menschen — schon in Ord=
nung — Wenn sie ihn nun überdies lieb hat —

Sophie. O recht sehr, lieber Vater! — Erst in
dem Augenblicke, da man mir den Herrn von Lormeuil
zum Gemahl vorschlug, merkte ich, daß ich dem Vetter
gut sei — so was man gut sein nennt — Und wenn mir
der Vetter nun auch wieder gut wäre —

Dorsigny. (feurig). Und warum sollte er das
nicht, meine Theuerste — (sich besinnend) meine gute Toch=
ter! — Nun wohl! Ich bin ein guter Vater und er=
gebe mich.

Sophie. Ich darf also jetzt an den Vetter schrei=
ben?

Dorsigny. Was du willst — (Für sich). Wie
hübsch spielt sich's den Vater, wenn man so allerliebste
Geständnisse zu hören bekommt.

Achter Auftritt.

**Vorige. Frau von Mirville. Champagne als Postillon mit der
Peitsche klatschend.**

Champagne. He, holla!

Fr. v. Mirville. Platz, da kommt ein Kourier.

Fr. v. Dorsigny. Es ist Champagne.

Sophie. Meines Vetters Bedienter!

Champagne. Gnädiger Herr — gnädige Frau!
reißen Sie mich aus meiner Unruhe! — Das Fräulein
ist doch nicht schon Frau von Lormeuil?

Fr. v. Dorsigny. Nein, guter Freund, noch
nicht.

Champagne. Noch nicht? Dem Himmel sei

Dank, ich bin doch noch zeitig genug gekommen, meinem armen Herrn das Leben zu retten.

Sophie. Wie! Dem Vetter ist doch kein Unglück begegnet?

Fr. v. Dorsigny. Mein Neffe ist doch nicht krank?

Fr. v. Mirville. Du machst mir Angst, was ist meinem Bruder?

Champagne. Beruhigen Sie sich, gnädige Frau! Mein Herr befindet sich ganz wohl, aber wir sind in einer grausamen Lage — Wenn Sie wüßten — doch Sie werden alles erfahren. Mein Herr hat sich zusammen genommen, der gnädigen Frau, die er seine gute Tante nennt, sein Herz auszuschütten; Ihnen verdankt er alles, was er ist; zu Ihnen hat er das größte Vertrauen — Hier schreibt er Ihnen, lesen Sie und beklagen ihn!

Dorsigny. Mein Gott, was ist das?

Fr. v. Dorsigny. (liest). „Beste Tante! Ich „erfahre so eben, daß Sie im Begriff sind, meine „Cousine zu verheirathen. Es ist nicht mehr Zeit, „zurückzuhalten: ich liebe Sophien. — Ich flehe Sie „an, beste Tante, wenn sie nicht eine heftige Neigung „zu ihrem bestimmten Bräutigam hat, so schenken Sie „sie mir! Ich liebe sie so innig, das ich gewiß noch ihre „Liebe gewinne. Ich folge dem Champagne auf dem „Fuße nach; er wird Ihnen diesen Brief überbringen, „Ihnen erzählen, was ich seit jener schrecklichen Nach- „richt ausgestanden habe."

Sophie. Der gute Vetter!

Fr. v. Mirville. Armer Dorsigny!

Champagne. Nein, es läßt sich gar nicht beschreiben, was mein armer Herr gelitten hat! Aber lieber

Herr, sagte ich zu ihm, vielleicht ist noch nicht alles verloren — Geh, Schurke, sagte er zu mir, ich schneide dir die Kehle ab, wenn du zu spät kommst — Er kann zuweilen derb sein, Ihr lieber Neffe.

Dorsigny. Unverschämter!

Champagne. Nun, nun, Sie werden ja or= dentlich böse, als wenn ich von Ihnen spräche; was ich sage, geschieht aus lauter Freundschaft für ihn, da= mit Sie ihn bessern, weil Sie sein Onkel sind.

Fr. v. Mirville. Der gute redliche Diener! Er will nichts als das Beste seines Herrn!

Fr. v. Dorsigny. Geh, guter Freund, ruhe dich aus! Du wirst es nöthig haben.

Champagne. Ja, Ihr Gnaden, ich will mich ausruhen in der Küche. (Ab.)

Neunter Auftritt.
Vorige ohne Champagne.

Dorsigny. Nun, Sophie! was sagst du dazu?

Sophie. Ich erwarte Ihre Befehle, mein Vater!

Dorsigny. Ja! was ist da zu thun?

Fr. v. Dorsigny. Es ist da weiter nichts zu thun; wir müssen sie ihm ohne Zeitverlust zur Frau geben.

Fr. v. Mirville. Aber der Vetter ist ja noch nicht hier.

Fr. v. Dorsigny. Seinem Briefe nach kann er nicht lang ausbleiben.

Dorsigny. Nun — wenn es denn nicht anders ist — und wenn sie so meinen, meine Liebe — so sei's! Ich bin's zufrieden und will mich so einrichten, daß der

Lärm der Hochzeit — vorbei ist, wenn ich zurückkomme
— He da! Bediente!

Zehnter Auftritt.

Zwei Bediente treten ein und warten im Hintergrunde. **Vorige.**

Fr. v. Dorsigny. Noch eins! Ihr Pachter hat
mir während Ihrer Abwesenheit zweitausend Thaler
in Wechseln ausbezahlt — ich habe ihm eine Quittung
darüber gegeben — Es ist Ihnen doch recht?

Dorsigny. Mir ist alles recht, was sie thun,
meine Liebe! (Während sie die Wechsel aus einer Schreibtafel hervorholt,
zu Frau von Mirville.) Darf ich das Geld wohl nehmen?

Fr. v. Mirville. Nimm es ja, sonst machst du
dich verdächtig.

Dorsigny (heimlich zu ihr). In Gottes Namen! Ich
will meine Schulden damit bezahlen! (Laut, indem er die Wech=
sel der Frau von Dorsigny in Empfang nimmt.) Das Geld erinnert
mich, daß ein verwünschter Schelm von Wucherer mich
schon seit lange um hundert Pistolen plagt, die — mein
Neffe von ihm geborgt hat — Wie ist's! Soll ich den
Posten bezahlen?

Fr. v. Mirville. Ei, das versteht sich! Sie
werden doch meine Base keinem Bruder Liederlich zur
Frau geben wollen, der bis an die Ohren in Schulden
steckt?

Fr. v. Dorsigny. Meine Nichte hat Recht, und
was übrig bleibt, kann man zu Hochzeitgeschenken an=
wenden.

Fr. v. Mirville. Ja, ja, zu Hochzeitge=
schenken!

Ein dritter Bedienter (kommt.) Die Mode=
händlerin der Frau v. Mirville.

Fr. v. Mirville. Sie kommt wie gerufen. Ich will gleich den Brautanzug bei ihr bestellen (Ab.)

Eilfter Auftritt.
Vorige ohne Frau von Mirville.

Dorsigny (zu den Bedienten). Kommt her! — (Zur Frau von Dorsigny.) Man wird nach dem Herrn Gaspar, unserm Notar, schicken müssen —

Fr. v. Dorsigny. Lassen Sie ihn lieber gleich zum Nachtessen einladen; dann können wir alles nach Bequemlichkeit abmachen.

Dorsigny. Das ist wahr! (Zu einem der Bedienten.) Du, geh zum Juwelier und laß ihn das Neueste herbringen, was er hat — (Zu einem andern). Du gehst zum Herrn Gaspar, unserm Notar, ich laß ihn bitten, heute mit mir zu Nacht zu essen. — Dann bestellst du vier Postpferde; Punkt eilf Uhr müssen sie vor dem Hause sein, denn ich muß in der Nacht noch fort. (Zu einem dritten.) Für dich, Jasmin, hab' ich einen kitzlichen Auftrag — du hast Kopf; dir kann man was anvertrauen.

Jasmin. Gnädiger Herr, das beliebt Ihnen so zu sagen.

Dorsigny. Du weißt, wo Herr Simon wohnt, der Geldmäkler, der sonst meine Geschäfte machte — der meinem Neffen immer mein eigenes Geld borgte.

Jasmin. Ei ja wohl! Warum sollt' ich ihn nicht kennen! Ich war ja immer der Postillon des gnädigen Herrn, Ihres Neffen.

Dorsigny. Geh' zu ihm, bring' ihm diese hundert Pistolen, die mein Neffe ihm schuldig ist, und die ich ihm hiermit bezahle! Vergiß aber nicht, dir einen Empfangschein geben zu lassen.

Jasmin. Warum nicht gar — Ich werde doch kein solcher Esel sein! (Die Bedienten gehen ab.)

Fr. v. Dorsigny. Wie er sich verwundern wird, der gute Junge, wenn er morgen ankommt und die Hochzeitgeschenke eingekauft, die Schulden bezahlt findet.

Dorsigny. Das glaub' ich! Es thut mir nur leid, daß ich nicht Zeuge davon sein kann.

Zwölfter Auftritt.

Vorige. Frau von Mirville.

Fr. v. Mirville (eilt herein, heimlich zu ihrem Bruder). Mach, daß du fortkommst, Bruder! Eben kommt der Onkel mit einem Herrn an, der mir ganz so aussieht, wie der Herr von Lormeuil.

Dorsigny (in ein Kabinet fliehend). Das wäre der Teufel!

Fr. v. Dorsigny. Nun, warum eilen Sie denn so schnell fort, Dorsigny?

Dorsigny. Ich muß — ich habe — Gleich werd' ich wieder da sein.

Fr. v. Mirville (pressiert). Kommen Sie, Tante! Sehen Sie doch die schönen Mützen an, die man mir gebracht hat.

Fr. v. Dorsigny. Du thust recht, mich zu Rathe zu ziehen — Ich verstehe mich darauf. Ich will dir aus= suchen helfen.

Dreizehnter Auftritt.

**Oberst Dorsigny. Lormeuil. Frau von Dorsigny. Sophie.
Frau von Mirville.**

Oberst. Ich komme früher zurück, Madame, als ich gedacht habe, aber desto besser! — Erlauben Sie, daß ich Ihnen hier diesen Herrn —

Fr. v. Dorsigny. Bitte tausendmal um Vergebung, meine Herren — die Putzhändlerin wartet auf uns, wir sind gleich wieder da — Komm, meine Tochter!

(Ab.)

Oberst. Nun, nun! Diese Putzhändlerin könnte wohl auch einen Augenblick warten, dächt' ich.

Sophie. Eben darum, weil sie nicht warten kann — Entschuldigen Sie, meine Herren. (Ab.)

Oberst. Das mag sein — aber ich sollte doch denken —

Fr. v. Mirville. Die Herren, wissen wir wohl, fragen nach Putzhändlerinnen nichts; aber für uns sind das sehr wichtige Personen. (Geht ab, sich tief gegen Lormeuil verneigend.)

Oberst. Zum Teufel, das seh' ich, da man uns ihrentwegen stehen läßt.

Vierzehnter Auftritt.

Oberst Dorsigny. Lormeuil.

Oberst. Ein schöner Empfang, das muß ich sagen!

Lormeuil. Ist das so der Brauch bei den Pariser Damen, daß sie den Putzhändlerinnen nachlaufen, wenn ihre Männer ankommen?

Oberst. Ich weiß gar nicht, was ich daraus machen soll. Ich schrieb, daß ich erst in sechs Wochen zurück sein könnte; ich bin unversehens da, und man ist nicht

im geringsten mehr darüber erstaunt, als wenn ich nie
aus der Stadt gekommen wäre.

Lormeuil. Wer sind die beiden jungen Damen,
die mich so höflich grüßten?

Oberst. Die eine ist meine Nichte, und die andere
meine Tochter, Ihre bestimmte Braut.

Lormeuil. Sie sind beide sehr hübsch.

Oberst. Der Henker auch! Die Frauen sind alle
hübsch in meiner Familie. Aber es ist nicht genug an
dem Hübschsein — man muß sich auch artig betragen.

Fünfzehnter Auftritt.

Vorige. Die drei Bedienten, die nach und nach hereinkommen.

Zweiter Bedienter (zur Linken des Obersten). Der
Notar läßt sehr bedauern, daß er mit Euer Gnaden
nicht zu Nacht speisen kann — er wird sich aber nach
Tisch einfinden.

Oberst. Was schwatzt der da für närrisches Zeug?

Zweiter Bedienter. Die Postpferde werden
Schlag eilf Uhr vor dem Hause sein. (Ab.)

Oberst. Die Postpferde, jetzt, da ich eben an=
komme?

Erster Bedienter (zu seiner rechten Seite). Der Ju=
welier, Euer Gnaden, hat Bankerott gemacht und ist
diese Nacht auf und davon gegangen. (Ab.)

Oberst. Was geht das mich an? Er war mir
nichts schuldig.

Jasmin (an seiner linken Seite). Ich war bei dem
Herrn Simon, wie Euer Gnaden befohlen. Er war
krank und lag im Bette. Hier schickt er ihnen die Quit=
tung.

Oberſt. Was für eine Quittung, Schurke?

Jasmin. Nun ja, die Quittung, die Sie in der Hand haben. Belieben Sie, ſie zu leſen.

Oberſt (lieſt.) „Ich Endesunterzeichneter bekenne, von dem Herrn Oberſt von Dorſigny zweitauſend Livre, welche ich ſeinem Herrn Neffen vorgeſchoſſen, richtig erhalten zu haben.“

Jasmin. Euer Gnaden ſehen, daß die Quittung richtig iſt. (Ab.)

Oberſt. O vollkommen richtig! Das begreife, wer's kann; mein Verſtand ſteht ſtill. — Der ärgſte Gauner in ganz Paris iſt krank und ſchickt mir die Quittung über das, was mein Neffe ihm ſchuldig iſt.

Lormeuil. Vielleicht ſchlägt ihm das Gewiſſen.

Oberſt. Kommen Sie! Kommen Sie, Lormeuil! Suchen wir herauszubringen, was uns dieſen ange= nehmen Empfang verſchafft und hole der Teufel alle Notare, Juweliere, Poſtpferde, Geldmäkler und Putz= händlerinnen! (Beide ab.)

—

Zweiter Aufzug.

—

Erſter Auftritt.

Frau von Mirville. Franz Dorſigny kommt aus einem Zimmer linker Hand und ſieht ſich ſorgfältig um.

Fr. v. Mirville (von der entgegengeſetzten Seite). Wie unbeſonnen! Der Onkel wird den Augenblick da ſein.

Dorſigny. Aber ſage mir doch, was mit mir werden ſoll? Iſt alles entdeckt, und weiß meine Tante, daß ihr vorgeblicher Mann nur ihr Neffe war?

Fr. v. Mirville. Nichts weiß man! Nichts ist endeckt! Die Tante ist noch mit der Modehändle= rin eingeschlossen; der Onkel flucht auf seine Frau — Herr von Lormeuil ist ganz verblüfft über die sonder= bare Aufnahme, und ich will suchen, die Entwicklung, die nicht mehr lange anstehen kann, so lang als mög= lich zu verzögern, daß ich Zeit gewinne, den Onkel zu deinem Vortheil zu stimmen, oder, wenn's nicht anders ist, den Lormeuil in mich verliebt zu machen — denn eh' ich zugebe, daß er die Cousine heirathet, nehm' ich ihn lieber selbst.

Zweiter Auftritt.

Vorige. Valcour.

Valcour (kommt schnell). Ah schön, schön, daß ich dich hier finde, Dorsigny. Ich habe dir tausend Sachen zu sagen und in der größten Eile.

Dorsigny. Hol' ihn der Teufel! Der kommt mir jetzt gelegen.

Valcour. Die gnädige Frau darf doch —

Dorsigny. Vor meiner Schwester hab' ich kein Geheimniß.

Valcour. (zur Frau von Mirville sich wendend). Wie freue ich mich, meine Gnädige, Ihre Bekanntschaft gerade in diesem Augenblicke zu machen, wo ich so glücklich war, Ihrem Herrn Bruder einen wesentlichen Dienst zu er= zeigen.

Dorsigny. Was hör' ich? Seine Stimme! (flieht in das Kabinet, wo er herausgekommen.)

Valcour. (ohne Dorsigny's Flucht zu bemerken, fährt fort) Sollte ich jemals in den Fall kommen, meine Gnädige, Ihnen nützlich sein zu können, so betrachten Sie mich

als Ihren ergebensten Diener.   (Er bemerkt nicht, daß indeß
der Oberst Dorsigny hereingekommen und sich an den Platz des andern gestellt hat.)

Dritter Auftritt.
Vorige. Oberst Dorsigny. Lormeuil.

Oberst. Ja — diese Weiber sind eine wahre Ge=
duldprobe für ihre Männer.

Valcour (kehrt sich um und glaubt mit dem jungen Dorsigny zu reden).
Ich wollte dir also sagen, lieber Dorsigny, daß dein
Oberstlieutenant nicht todt ist.

Oberst. Mein Oberstlieutenant?

Valcour. Mit dem du die Schlägerei gehabt
hast. Er hat an meinen Freund Liancour schreiben
lassen; er läßt dir vollkommene Gerechtigkeit wider=
fahren und bekennt, daß er der Angreifer gewesen sei.
Die Familie hat zwar schon angefangen, dich gericht=
lich zu verfolgen; aber wir wollen alles anwenden, die
Sache bei Zeiten zu unterdrücken. Ich habe mich los=
gemacht, dir diese gute Nachricht zu überbringen, und
muß gleich wieder zu meiner Gesellschaft.

Oberst. Sehr obligirt — aber —

Valcour. Du kannst also ganz ruhig schlafen.
Ich wache für dich.   (Ab.)

Vierter Auftritt.
Frau von Mirville. Oberst Dorsigny. Lormeuil.

Oberst. Sag mir doch, was der Mensch will?

Fr. v. Mirville. Der Mensch ist verrückt,
das sehen Sie ja.

Oberst. Dies scheint also eine Epidemie zu sein,
die alle Welt ergriffen hat, seitdem ich weg bin; denn

das ist der erste Narr nicht, dem ich seit einer halben
Stunde hier begegne.

Fr. v. Mirville. Sie müssen den trocknen
Empfang meiner Tante nicht so hoch aufnehmen. Wenn
von Putzsachen die Rede ist, da darf man ihr mit nichts
Anderm kommen.

Oberst. Nun, Gott sei Dank! da hör' ich doch
endlich einmal ein vernünftiges Wort! — So magst du
denn die Erste sein, die ich mit dem Herrn von Lor=
meuil bekannt mache.

Lormeuil. Ich bin sehr glücklich, mein Fräulein,
daß ich mich der Einwillignng Ihres Herrn Vaters er=
freuen darf — Aber diese Einwilligung kann mir zu
nichts helfen, wenn nicht die Ihrige —

Oberst. Nun fängt der auch an! Hat die allge=
meine Raserei auch dich angesteckt, armer Freund? Dein
Compliment ist ganz artig, aber bei meiner Tochter,
und nicht bei meiner Nichte hättest du das anbringen
sollen.

Lormeuil. Vergeben Sie, gnädige Frau! Sie
sagen der Beschreibung so vollkommen zu, die mir Herr
von Dorsigny von meiner Braut gemacht hat, daß mein
Irrthum verzeihlich ist.

Fr. v. Mirville. Hier kommt meine Cousine, Herr
von Lormeuil! Betrachten Sie sie recht und überzeugen
Sie sich mit Ihren eigenen Augen, daß sie alle die
schönen Sachen verdient, die Sie mir zugedacht haben.

Fünfter Auftritt.
Vorige. Sophie.

Sophie. Bitte tausendmal um Verzeihung, bester
Vater, daß ich Sie vorhin so habe stehen lassen; die

Mama rief mir, und ich mußte ihrem Befehl ge=
horchen.

Oberſt. Nun, wenn man nur ſeinen Fehler ein=
ſieht und ſich entſchuldigt —

Sophie. Ach, mein Vater! wo finde ich Worte,
Ihnen meine Freude, meine Dankbarkeit auszudrücken,
daß Sie in dieſe Heirath willigen.

Oberſt. So, ſo! Gefällt ſie dir, dieſe Heirath?

Sophie. O gar ſehr!

Oberſt (leiſe zu Lormeuil). Du ſiehſt, wie ſie dich ſchon
liebt, ohne dich zu kennen! Das kommt von der ſchö=
nen Beſchreibung, die ich ihr von dir gemacht habe, ehe
ich abreiſte.

Lormeuil. Ich bin Ihnen ſehr verbunden.

Oberſt. Ja, aber nun, mein Kind, wird es doch
wohl Zeit ſein, daß ich mich nach deiner Mutter ein
wenig umſehe; denn endlich werden mir doch die Putz=
händlerinnen Platz machen, hoffe ich — Leiſte du in=
deß dieſem Herrn Geſellſchaft. Er iſt mein Freund,
und mich ſoll's freuen, wenn er bald auch der deinige
wird — verſtehſt du? (Zu Lormeuil.) Jetzt friſch daran —
das iſt der Augenblick! Suche noch heute ihre Nei=
gung zu gewinnen, ſo iſt ſie morgen deine Frau —
(Zu Frau von Mirville.) Komm, Nichte! Sie mögen es mit
einander allein ausmachen.   (Ab.)

Sechster Auftritt.
Sophie. Lormeuil.

Sophie. Sie werden alſo auch bei der Hochzeit
ſein?

Lormeuil. Ja, mein Fräulein — Sie ſcheint
Ihnen nicht zu mißfallen, dieſe Heirath?

2*

Sophie. Sie hat den Beifall meines Vaters.

Lormeuil. Wohl! Aber was die Väter veran=
stalten, hat darum nicht immer den Beifall der Töchter.

Sophie. O was diese Heirath betrifft — die ist
auch ein wenig meine Anstalt.

Lormeuil. Wie das, mein Fräulein?

Sophie. Mein Vater war so gütig, meine Nei=
gung um Rath zu fragen.

Lormeuil. Sie lieben also den Mann, der Ihnen
zum Gemahl bestimmt ist?

Sophie. Ich verberg' es nicht.

Lormeuil. Wie? und kennen ihn nicht einmal?

Sophie. Ich bin mit ihm erzogen worden.

Lormeuil. Sie wären mit dem jungen Lormeuil
erzogen worden?

Sophie. Mit dem Herrn von Lormeuil — nein!

Lormeuil. Das ist aber Ihr bestimmter Bräu=
tigam.

Sophie. Ja, das war anfangs.

Lormeuil. Wie, anfangs?

Sophie. Ich sehe, daß Sie noch nicht wissen,
mein Herr —

Lormeuil. Nichts weiß ich! Nicht das Ge=
ringste weiß ich.

Sophie. Er ist todt.

Lormeuil. Wer ist todt!

Sophie. Der junge Herr von Lormeuil.

Lormeuil. Wirklich?

Sophie. Ganz gewiß.

Lormeuil. Wer hat Ihnen gesagt, daß er todt sei?

Sophie. Mein Vater!

Lormeuil. Nicht doch, Fräulein! Das kann ja
nicht sein, das ist nicht möglich.

Sophie. Mit ihrer Erlaubniß, es ist! Mein Vater, der von Toulon kommt, muß es doch besser wissen, als Sie. Dieser junge Edelmann bekam auf einem Balle Händel, er schlug sich und erhielt drei Degenstiche durch den Leib.

Lormeuil. Das ist gefährlich.

Sophie. Ja wohl, er ist auch daran gestorben.

Lormeuil. Es beliebt Ihnen, mit mir zu scherzen, gnädiges Fräulein. Niemand kann Ihnen vom Herrn von Lormeuil besser Auskunft geben als ich.

Sophie. Als Sie! Das wäre doch lustig.

Lormeuil. Ja, mein Fräulein, als ich! Denn um es auf einmal herauszusagen — ich selbst bin dieser Lormeuil, und bin nicht todt, so viel ich weiß.

Sophie. Sie wären Herr von Lormeuil?

Lormeuil. Nun, für wen hielten Sie mich denn sonst?

Sophie. Für einen Freund meines Vaters, den er zu meiner Hochzeit eingeladen.

Lormeuil. Sie halten also immer noch Hochzeit, ob ich gleich todt bin.

Sophie. Ja freilich!

Lormeuil. Und mit wem denn, wenn ich fragen darf?

Sophie. Mit meinem Cousin Dorsigny.

Lormeuil. Aber Ihr Herr Vater wird doch auch ein Wort dabei mit zu sprechen haben.

Sophie. Das hat er, das versteht sich! Er hat ja seine Einwilligung gegeben.

Lormeuil. Wann hätt' er sie gegeben?

Sophie. Eben jetzt — ein paar Augenblicke vor Ihrer Ankunft.

Lormeuil. Ich bin ja aber mit ihm zugleich ge=
kommen.

Sophie. Nicht doch, mein Herr! Mein Vater ist
vor Ihnen hier gewesen.

Lormeuil. (an den Kopf greifend). Mir schwindelt —
es wird mir drehend vor den Augen — Jedes Wort,
das Sie sagen, setzt mich in Erstaunen — Ihre Worte
in Ehren, mein Fräulein, aber hierunter muß ein
Geheimniß stecken, das ich nicht ergründe.

Sophie. Wie, mein Herr — sollten Sie wirklich
im Ernst gesprochen haben?

Lormeuil. Im vollen höchsten Ernst, mein
Fräulein —

Sophie. Sie wären wirklich der Herr von Lor=
meuil? — Mein Gott, was hab' ich da gemacht — Wie
werde ich meine Unbesonnenheit —

Lormeuil. Lassen Sie sich's nicht leid sein,
Fräulein — Ihre Neigung zu Ihrem Vetter ist ein
Umstand, den man lieber v o r als n a ch der Heirath
erfährt —

Sophie. Aber ich begreife nicht —

Lormeuil. Ich will den Herrn von Dorsigny
aufsuchen — vielleicht löst er mir das Räthsel. — Wie
es sich aber auch immer lösen mag, Fräulein, so sollen
Sie mit mir zufrieden sein, hoff' ich. (Ab.)

Sophie. Er scheint ein sehr artiger Mensch —
und wenn man mich nicht zwingt, ihn zu heirathen, so
soll es mich recht sehr freuen, daß er nicht erstochen ist.

————

Siebenter Auftritt.

Sophie. Oberst. Frau von Dorsigny.

Fr. v. Dorsigny. Laß uns allein, Sophie. (Sophie geht ab.) Wie, Dorsigny, Sie können mir ins Angesicht behaupten, daß Sie nicht kurz vorhin mit mir gesprochen haben? Nun, wahrhaftig, welcher Andere als Sie, als der Herr dieses Hauses, als der Vater meiner Tochter, als mein Gemahl endlich, hätte das thun können, was Sie thaten!

Oberst. Was Teufel hätte ich denn gethan?

Fr. v. Dorsigny. Muß ich Sie daran erinnern? Wie? Sie wissen nicht mehr, daß Sie erst vor kurzem mit unserer Tochter gesprochen, daß Sie ihre Neigung zu unserm Neffen entdeckt haben, und daß wir eins worden sind, sie ihm zur Frau zu geben, sobald er wird angekommen sein?

Oberst. Ich weiß nicht — Madame, ob das alles nur ein Traum Ihrer Einbildungskraft ist, oder ob wirklich ein Anderer in meiner Abwesenheit meinen Platz eingenommen hat. Ist das Letztere, so war's hohe Zeit, daß ich kam — Dieser Jemand schlägt meinen Schwiegersohn todt, verheirathet meine Tochter und sticht mich aus bei meiner Frau, und meine Frau und meine Tochter lassen sich's beide ganz vortrefflich gefallen.

Fr. v. Dorsigny. Welche Verstockung! — In Wahrheit, Herr von Dorsigny, ich weiß mich in Ihr Betragen nicht zu finden.

Oberst. Ich werde nicht klug aus dem Ihrigen.

Achter Auftritt.

Vorige. Frau von Mirville.

Fr. v. Mirville. Dacht' ich's doch, daß ich Sie beide würde beisammen finden! — Warum gleichen doch nicht alle Haushaltungen der Ihrigen? Nie Zank und Streit! Immer ein Herz und eine Seele! Das ist erbaulich! Das ist doch ein Beispiel! Die Tante ist gefällig wie ein Engel, und der Onkel geduldig wie Hiob.

Oberst. Wahr gesprochen, Nichte! — Man muß Hiobs Geduld haben, wie ich, um sie bei solchem Geschwätz nicht zu verlieren.

Fr. v. Dorsigny. Die Nichte hat Recht, man muß so gefällig sein wie ich, um solche Albernheiten zu ertragen.

Oberst. Nun, Madame! unsre Nichte hat mich seit meinem Hiersein fast nie verlassen. Wollen wir sie zum Schiedsrichter nehmen?

Fr. v. Dorsigny. Ich bin's vollkommen zufrieden und unterwerfe mich ihrem Ausspruch.

Fr. v. Mirville. Wovon ist die Rede?

Fr. v. Dorsigny. Stelle dir vor, mein Mann untersteht sich, mir ins Gesicht zu behaupten, daß er's nicht gewesen sei, den ich vorhin für meinen Mann hielt.

Fr. v. Mirville. Ist's möglich?

Oberst. Stelle dir vor, Nichte, meine Frau will mich glauben machen, daß ich hier, hier in diesem Zimmer, mit ihr gesprochen haben soll, in demselben Augenblicke, wo ich mich auf der Touloner Poststraße schütteln ließ.

Fr. v. Mirville. Das ist ja ganz unbegreif=

lich, Onkel — Hier muß ein Mißverständniß sein —
Lassen Sie mich ein paar Worte mit der Tante reden.

Oberst. Sieh, wie du ihr den Kopf zurecht setzest,
wenn's möglich ist; aber es wird schwer halten.

Fr. v. Mirville. (leise zur Frau von Dorsigny). Liebe
Tante, das alles ist wohl nur ein Scherz von dem Onkel?

Fr. v. Dorsigny. (eben so). Freilich wohl, er
müßte ja rasend sein, solches Zeug im Ernst zu behaupten.

Fr. v. Mirville. Wissen Sie was? Bezahlen
Sie ihn mit gleicher Münze — geben Sie's ihm heim!
Lassen Sie ihn fühlen, daß Sie sich nicht zum Besten
haben lassen.

Fr. v. Dorsigny. Du hast Recht. Laß mich
nur machen!

Oberst. Wird's bald? Jetzt denk' ich, wär's
genug.

Fr. v. Dorsigny. (spottweise). Ja wohl ist's
genug, mein Herr — und da es die Schuldigkeit der
Frau ist, nur durch ihres Mannes Augen zu sehen, so
erkenn' ich meinen Irrthum und will mir alles einbilden, was Sie wollen.

Oberst. Mit dem spöttischen Ton kommen wir
nicht weiter.

Fr. v. Dorsigny. Ohne Groll, Herr von Dorsigny! Sie haben auf meine Unkosten gelacht, ich lache
jetzt auf die Ihrigen, und so heben wir gegen einander
auf. — Ich habe jetzt einige Besuche zu geben. Wenn
ich zurückkomme und Ihnen der spaßhafte Humor ver-
gangen ist, so können wir ernsthaft miteinander reden.
(Ab.)

Oberst (zu Fr. v. Mirville.) Verstehst du ein Wort von
allem, was sie da sagt?

Fr. v. Mirville. Ich werde nicht klug daraus. Aber ich will ihr folgen und der Sache auf den Grund zu kommen suchen.   (Ab.)

Oberst. Thu' das, wenn du willst. Ich geb' es rein auf — so ganz toll und närrisch hab' ich sie noch nie gesehen. Der Teufel muß in meiner Abwesenheit meine Gestalt angenommen haben, um mein Haus unterst zu oberst zu kehren, anders begreif' ich's nicht. —

— — — — —

Neunter Auftritt.

Oberst Dorsigny. Champagne, ein wenig betrunken.

Champagne. Nun, das muß wahr sein! — Hier lebt sich's, wie im Wirthshaus — Aber wo Teufel stecken sie denn alle? — Keine lebendige Seele hab' ich mehr gesehen, seitdem ich als Kourier den Lärm ange= richtet habe — Doch, sieh da, mein gnädiger Herr, der Hauptmann — Ich muß doch hören, wie unsere Sachen stehen. (Macht gegen den Oberst Zeichen des Verständnisses und lacht selbst= gefällig.

Oberst. Was Teufel! ist das nicht der Schelm, der Champagne? — Wie kommt der hieher, und was will der Esel mit seinen einfältigen Grimassen?

Champagne (wie oben). Nun, nun, gnädiger Herr?

Oberst. Ich glaube, der Kerl ist besoffen.

Champagne. Nun, was sagen Sie? Hab ich meine Rolle gut gespielt?

Oberst (für sich.) Seine Rolle? Ich merke etwas— Ja, Freund Champagne, nicht übel.

Champagne. Nicht übel! Was? Zum Ent= zücken hab' ich sie gespielt. Mit meiner Peitsche und den Kourierstiefeln, sah ich nicht einem ganzen Postillon gleich? Wie?

Oberst. Ja! ja! (für sich). Weiß der Teufel, was ich ihm antworten soll.

Champagne. Nun, wie steht's drinnen? Wie weit sind Sie jetzt?

Oberst. Wie weit ich bin — wie's steht — nun, du kannst dir leicht vorstellen, wie's steht.

Champagne. Die Heirath ist richtig, nicht wahr? — Sie haben als Vater die Einwilligung gegeben?

Oberst. Ja.

Champagne. Und morgen treten Sie in Ihrer wahren Person als Liebhaber auf.

Oberst (für sich). Es ist ein Streich von meinem Neffen.

Champagne. Und heirathen die Wittwe des Herrn von Lormeuil — Wittwe! Hahaha! — Die Wittwe von meiner Erfindung.

Oberst. Worüber lachst du?

Champagne. Das fragen Sie? Ich lache über die Gesichter, die der ehrliche Onkel schneiden wird, wenn er in vier Wochen zurückkommt und Sie mit seiner Tochter verheirathet findet.

Oberst (für sich). Ich möchte rasend werden!

Champagne. Und der Bräutigam von Toulon, der mit ihm angezogen kommt und einen Andern in seinem Neste findet — das ist himmlisch!

Oberst. Zum Entzücken!

Champagne. Und wem haben Sie alles das zu danken? Ihrem treuen Champagne!

Oberst. Dir? Wie so?

Champagne. Nun, wer sonst hat Ihnen denn den Rath gegeben, die Person Ihres Onkels zu spielen?

Oberst (für sich). Ha, der Schurke!

Champagne. Aber das ist zum Erstaunen, wie Sie Ihrem Onkel doch so ähnlich sehen! Ich würde drauf schwören, er sei es selbst, wenn ich ihn nicht hundert Meilen weit von uns wüßte.

Oberst (für sich). Mein Schelm von Neffe macht einen schönen Gebrauch von meiner Gestalt.

Champagne. Nur ein wenig zu ältlich sehen Sie aus — Ihr Onkel ist ja so ziemlich von Ihren Jahren; Sie hätten nicht nöthig gehabt, sich so gar alt zu machen.

Oberst. Meinst du?

Champagne. Doch was thut's! Ist er doch nicht da, daß man eine Vergleichung anstellen könnte— Und ein Glück für uns, daß der Alte nicht da ist! Es würde uns schlecht bekommen, wenn er zurückkäme.

Oberst. Er ist zurückgekommen.

Champagne. Wie? Was?

Oberst. Er ist zurückgekommen, sag' ich.

Champagne. Um Gotteswillen, und Sie stehen hier? Sie bleiben ruhig? Thun Sie, was Sie wollen — helfen Sie sich, wie Sie können — ich suche das Weite. (Will fort.)

Oberst. Bleib, Schurke! zwiefacher Hallunke, bleib! Das also sind deine schönen Erfindungen, Herr Schurke?

Champagne. Wie, gnädiger Herr, ist das mein Dank?

Oberst. Bleib, Hallunke! — Wahrlich, meine Frau (hier macht Champagne eine Bewegung des Schreckens) ist die Närrin nicht, für die ich sie hielt — und einen solchen Schelmstreich sollte ich so hingehen lassen? — Nein, Gott verdamm' mich, wenn ich nicht auf der Stelle meine volle Rache dafür nehme. — Es ist noch nicht so spät. Ich eile zu meinem Notar. — Ich bring' ihn mit. Noch heute Nacht heirathet Lormeuil meine Toch= ter — Ich überrasche meinen Neffen — er muß mir den Heirathscontract seiner Base noch selbst mit unterzeich= nen — Und was dich betrifft, Hallunke —

Champagne. Ich, gnädiger Herr, ich will mit unterzeichnen — ich will auf der Hochzeit mit tanzen, wenn Sie's befehlen.

Oberst. Ja, Schurke, ich will dich tanzen machen — Und die Quittung über die hundert Pistolen, merk' ich jetzt wohl, habe ich auch nicht der Ehrlichkeit des Wucherers zu verdanken. — Zu meinem Glück hat der Juwelier Bankerott gemacht — Mein Taugenichts von Neffe begnügte sich nicht, seine Schulden mit meinem Gelde zu bezahlen; er macht auch noch neue auf meinen Kredit. — Schon gut! Er soll mir dafür bezahlen!— Und du, ehrlicher Gesell, rechne auf eine tüchtige Be= lohnung. — Es thut mir leid, daß ich meinen Stock nicht bei mir habe; aber aufgeschoben ist nicht aufge= hoben. (Ab.)

Champagne. Ich falle aus den Wolken! Muß dieser verwünschte Onkel auch gerade jetzt zurückkommen und mir in den Weg laufen, recht ausdrücklich, um mich plaudern zu machen — Ich Esel, daß ich ihm auch er= zählen mußte — Ja, wenn ich noch wenigstens ein Glas zu viel getrunken hätte — Aber so!

Zehnter Auftritt.

Champagne. Franz Dorsigny. Frau von Mirville.

Fr. v. Mirville (kommt sachte hervor und spricht in die Scene zurück). Das Feld ist rein — du kannst herauskommen — es ist niemand hier als Champagne.

Dorsigny (tritt ein).

Champagne (kehrt sich um und fährt zurück, da er ihn erblickt). Mein Gott, da kommt er schon wieder zurück! Jetzt wird's losgehen! (Sich Dorsigny zu Füßen werfend.) Barmher=zigkeit, gnädiger Herr! Gnade — Gnade einem armen Schelm, der ja unschuldig — der es freilich verdient hätte —

Dorsigny. Was soll denn das vorstellen? Steh' auf, ich will dir ja nichts zu Leide thun.

Champagne. Sie wollen mir nichts thun, gnä=diger Herr —

Dorsigny. Mein Gott, nein! Ganz im Gegen=theil, ich bin recht wohl mit dir zufrieden, da du deine Rolle so gut gespielt hast.

Champagne (erkennt ihn.) Wie, Herr, sind Sie's?

Dorsigny. Freilich bin ich's.

Champagne. Ach Gott! Wissen Sie, daß Ihr Onkel hier ist?

Dorsigny. Ich weiß es. Was denn weiter?

Champagne. Ich hab' ihn gesehen, gnädiger Herr. Ich hab' ihn angeredet — ich dachte, Sie wä=ren's; ich hab' ihm alles gesagt, er weiß alles.

Fr. v. Mirville. Unsinniger! was hast du gethan?

Champagne. Kann ich dafür? Sie sehen, daß ich eben jetzt den Neffen für den Onkel genommen — ist's zu verwundern, daß ich den Onkel für den Neffen nahm?

Dorsigny. Was ist zu machen?

Fr. v. Mirville. Da ist jetzt kein anderer Rath, als auf der Stelle das Haus zu verlassen.

Dorsigny. Aber wenn er meine Cousine zwingt, den Lormeuil zu heirathen —

Fr. v. Mirville. Davon wollen wir morgen reden! Jetzt fort, geschwind! da der Weg noch frei ist! (Sie führt ihn bis an die hintere Thür, eben da er hinaus will, tritt Lormeuil aus derselben herein, ihm entgegen, der ihn zurückhält und wieder vorwärts führt.)

Eilfter Auftritt.
Die Vorigen. Lormeuil.

Lormeuil. Sind Sie's? Ich suchte Sie eben.

Fr. v. Mirville (heimlich zu Dorsigny.) Es ist der Herr von Lormeuil. Er hält dich für den Onkel. Gib ihm sobald als möglich seinen Abschied.

Lormeuil (zu Frau v. Mirville.) Sie verlassen uns, gnädige Frau?

Fr. v. Mirville. Verzeihen Sie, Herr von Lormeuil. Ich bin sogleich wieder hier. (Geht ab, Champagne folgt.)

Zwölfter Auftritt.
Lormeuil. Franz Dorsigny.

Lormeuil. Sie werden sich erinnern, daß Sie mich mit Ihrer Fräulein Tochter vorhin allein gelassen haben?

Dorsigny. Ich erinnere mich's.

Lormeuil. Sie ist sehr liebenswürdig; ihr Besitz würde mich zum glücklichsten Manne machen.

Dorsigny. Ich glaub' es.

Lormeuil. Aber ich muß Sie bitten, ihrer Neigung keinen Zwang anzuthun.

Dorsigny. Wie ist das?

Lormeuil. Sie ist das liebenswürdigste Kind von der Welt, das ist gewiß! Aber sie haben mir so oft von Ihrem Neffen Franz Dorsigny gesprochen — er liebt Ihre Tochter!

Dorsigny.　Ist das wahr?

Lormeuil.　Wie ich Ihnen sage, und er wird wieder geliebt!

Dorsigny.　Wer hat Ihnen das gesagt?

Lormeuil.　Ihre Tochter selbst.

Dorsigny.　Was ist aber da zu thun? — Was rathen Sie mir, Herr von Lormeuil?

Lormeuil.　Ein guter Vater zu sein.

Dorsigny.　Wie?

Lormeuil.　Sie haben mir hundertmal gesagt, daß Sie Ihren Neffen wie einen Sohn liebten — Nun denn, so geben Sie ihm Ihre Tochter! Machen Sie Ihre beiden Kinder glücklich.

Dorsigny.　Aber was soll denn aus Ihnen werden?

Lormeuil.　Aus mir? — Man will mich nicht haben, das ist freilich ein Unglück! Aber beklagen kann ich mich nicht darüber, da Ihr Neffe mir zuvorge=kommen ist.

Dorsigny.　Wie! Sie wären fähig, zu entsagen?

Lormeuil.　Ich halte es für meine Pflicht.

Dorsigny (lebhaft.)　Ach, Herr von Lormeuil! Wie viel Dank bin ich Ihnen schuldig!

Lormeuil.　Ich verstehe Sie nicht.

Dorsigny.　Nein, nein, Sie wissen nicht, welch' großen, großen Dienst Sie mir erzeigen — Ach, meine Sophie! Wir werden glücklich werden!

Lormeuil.　Was ist das? Wie? — Das ist Herr von Dorsigny nicht — Wär's möglich —

Dorsigny.　Ich habe mich verrathen.

Lormeuil.　Sie sind Dorsigny, der Neffe? Ja, Sie sind's — Nun, Sie habe ich zwar nicht hier ge=sucht, aber ich freue mich, Sie zu sehen. — Zwar sollte ich billig auf Sie böse sein wegen der drei Degenstiche, die Sie mir so großmüthig in den Leib geschickt haben —

Dorsigny.   Herr von Lormeuil!

Lormeuil.   Zum Glück sind sie nicht tödtlich; also mag's gut sein! Ihr Herr Onkel hat mir sehr viel Gutes von Ihnen gesagt, Herr von Dorsigny, und weit entfernt, mit Ihnen Händel anfangen zu wollen, biete ich Ihnen von Herzen meine Freundschaft an und bitte um die Ihrige.

Dorsigny.   Herr von Lormeuil!

Lormeuil.   Also zur Sache, Herr von Dorsigny — Sie lieben Ihre Cousine und haben vollkommen Ursache dazu. Ich verspreche Ihnen, allen meinen Einfluß bei dem Obersten anzuwenden, daß Sie Ihnen zu Theil wird — Dagegen verlange ich aber, daß Sie auch Ihrerseits mir einen wichtigen Dienst erzeigen.

Dorsigny.   Reden Sie! Fordern Sie! Sie haben sich ein heiliges Recht auf meine Dankbarkeit erworben.

Lormeuil.   Sie haben eine Schwester, Herr von Dorsigny. Da Sie aber für niemand Augen haben, als für Ihre Base, so bemerkten Sie vielleicht nicht, wie sehr Ihre Schwester liebenswürdig ist — ich aber — ich habe es recht gut bemerkt — und daß ich's kurz mache — Frau von Mirville verdient die Huldigung eines Jeden! Ich habe sie gesehen und ich —

Dorsigny.   Sie lieben sie! Sie ist die Ihre! Zählen Sie auf mich! — Sie soll Ihnen bald gut sein, wenn sie es nicht schon jetzt ist — dafür steh' ich. Wie sich doch alles so glücklich fügen muß! — Ich gewinne einen Freund, der mir behilflich sein will, meine Geliebte zu besitzen, und ich bin im Stande, ihn wieder glücklich zu machen.

Lormeuil. Das steht zu hoffen; aber so ganz ausgemacht ist es doch nicht — Hier kommt Ihre Schwester! Frisch, Herr von Dorsigny — sprechen Sie für mich! Führen Sie meine Sache! Ich will bei dem Onkel die Ihrige führen.   (Ab.)

Dorsigny. Das ist ein herrlicher Mensch, dieser Lormeuil! Welche glückliche Frau wird meine Schwester!

Dreizehnter Auftritt.

Frau von Mirville. Franz Dorsigny.

Fr. v. Mirville. Nun, wie steht's, Bruder?

Dorsigny. Du hast eine Eroberung gemacht, Schwester! Der Lormeuil ist Knall und Fall sterblich in dich verliebt worden. Eben hat er mir das Geständniß gethan, weil er glaubte mit dem Onkel zu reden!' Ich sagte ihm aber, diese Gedanken sollte er sich nur vergehen lassen — du hättest das Heirathen auf immer verschworen — Ich habe recht gethan, nicht?

Fr. v. Mirville. Allerdings — aber — du hättest eben nicht gebraucht, ihn auf eine so rauhe Art abzuweisen. Der arme Junge ist schon übel genug daran, daß er bei Sophien durchfällt.

Vierzehnter Auftritt.

Vorige. Champagne.

Champagne. Nun, gnädiger Herr! machen Sie, daß Sie fortkommen. Die Tante darf Sie nicht mehr hier antreffen, wenn sie zurückkommt —

Dorsigny. Nun, ich gehe! Bin ich doch nun gewiß, daß mir Lormeuil die Cousine nicht wegnimmt. (Ab mit Frau v. Mirville.)

Fünfzehnter Auftritt.

Champagne allein.

Da bin ich nun allein! — Freund Champagne, du bist ein Dummkopf, wenn du deine Unbesonnenheit von vorhin nicht gut machst — dem Onkel die ganze Karte zu verrathen! Aber laß sehen! Was ist da zu machen? — Entweder den Onkel oder den Bräutigam müssen wir uns auf die nächsten zwei Tage vom Halse schaffen, sonst geht's nicht — Aber wie Teufel ist's da anzufangen? — Wart — laß sehen — (Nachsinnend.) Mein Herr und dieser Herr von Lormeuil sind zwar als ganz gute Freunde auseinander gegangen, aber es hätte doch Händel zwischen ihnen setzen können! Können, das ist mir genug! Davon laßt uns ausgehen — Ich muß als ein guter Diener Unglück verhüten! Nichts als redliche Besorgniß für meinen Herrn — Also gleich zur Polizei! Man nimmt seine Maßregeln, und ist's dann meine Schuld, wenn sie den Onkel für den Neffen nehmen? — Wer kann für die Aehnlichkeit — Das Wagestück ist groß, groß, aber ich wag's. Mißlingen kann's nicht, und wenn auch — Es kann nicht mißlingen — Im äußersten Fall bin ich gedeckt! Ich habe nur meine Pflicht beobachtet! Und mag dann der Onkel gegen mich toben, so viel er will — ich verstecke mich hinter den Neffen, ich verhelf' ihm zu seiner Braut, er muß erkenntlich sein — Frisch, Champagne, ans Werk — Hier ist Ehre einzulegen. (Geht ab.)

———

Dritter Aufzug.

Erster Auftritt.

Oberst Dorsigny kommt. Gleich darauf Lormeuil.

Oberst. Muß der Teufel auch diesen Notar ge=
rade heute zu einem Nachtessen führen! Ich hab' ihm
ein Billet dort gelassen, und mein Herr Neffe hatte schon
vorher die Mühe auf sich genommen.

Lormeuil (kommt.) Für diesmal denke ich doch
wohl den Onkel vor mir zu haben und nicht den Neffen.

Oberst. Wohl bin ich's selbst! Sie dürfen nicht
zweifeln.

Lormeuil. Ich habe Ihnen viel zu sagen, Herr
von Dorsigny.

Oberst. Ich glaub' es wohl, guter Junge! Du
wirst rasend sein vor Zorn — Aber keine Gewaltthä=
tigkeit, lieber Freund, ich bitte darum! Denken Sie
daran, daß der, der Sie beleidigt hat, mein Neffe ist—
Ihr Ehrenwort verlang' ich, daß Sie es m i r über=
lassen wollen, ihn dafür zu strafen.

Lormeuil. Aber so erlauben Sie mir—

Oberst. Nichts erlaub' ich! Es wird nichts da=
raus! So seid ihr jungen Leute! Ihr wißt keine
andere Art, Unrecht gut zu machen, als daß ihr einander
die Hälse brecht.

Lormeuil. Das ist aber ja nicht mein Fall.
Hören Sie doch nur.

Oberst. Mein Gott! ich weiß ja! Bin ich doch
auch jung gewesen! Aber laß dich das alles nicht an=
fechten, guter Junge! du wirst doch mein Schwieger=
sohn! Du wirst's — dabei bleibt's!

Lormeuil. Ihre Güte — Ihre Freundschaft er=
kenn' ich mit dem größten Dank — Aber, so wie die
Sachen stehen —

Oberst (lauter.) Nichts! Kein Wort mehr!

Zweiter Auftritt.

Champagne mit zwei Unteroffizieren. Vorige.

Champagne (zu diesen.) Sehen Sie's, meine Her=
ren? Sehen Sie's? Eben wollten sie an einander
gerathen.

Lormeuil. Was suchen diese Leute bei uns!

Erster Unterofficier. Ihre ganz gehorsamen
Diener, meine Herren! Habe ich nicht die Ehre, mit
Herrn von Dorsigny zu sprechen?

Oberst. Dorsigny heiß' ich.

Champagne. Und dieser hier ist Herr von Lormeuil.

Lormeuil. Der bin ich, ja. Aber was wollen die
Herren von mir?

Zweiter Unterofficier. Ich werde die Ehre
haben, Euer Gnaden zu begleiten.

Lormeuil. Mich zu begleiten? Wohin? Es
fällt mir gar nicht ein, ausgehen zu wollen.

Erster Unterofficier (zum Oberst). Und ich,
gnädiger Herr, bin beordert, Ihnen zur Escorte zu
dienen.

Oberst. Aber wohin will mich der Herr escor=
tiren?

Erster Unterofficier. Das will ich Ihnen
sagen, gnädiger Herr. Man hat in Erfahrung ge=
bracht, daß Sie auf dem Sprung stünden, sich mit die=
sem Herrn zu schlagen, und damit nun —

Oberſt. Mich zu ſchlagen? Und weßwegen denn?

Erſter Unterofficier. Weil Sie Nebenbuhler ſind — weil Sie beide das Fräulein von Dorſigny lieben. Dieſer Herr hier iſt der Bräutigam des Fräu-leins, den ihr der Vater beſtimmt hat — und Sie, gnädiger Herr, ſind ihr Couſin und ihr Liebhaber — O wir wiſſen alles!

Lormeuil. Sie ſind im Irrthum, meine Herren.

Oberſt. Wahrlich, Sie ſind an den Unrechten ge-kommen.

Champagne (zu den Wachen). Friſch zu! Laſſen Sie ſich nichts weiß machen, meine Herren! (Zu Herrn von Dorſigny.) Lieber, gnädiger Herr, werfen Sie endlich Ihre Maske weg! Geſtehen Sie, wer Sie ſind! Geben Sie ein Spiel auf, wobei Sie nicht die beſte Rolle ſpielen!

Oberſt. Wie, Schurke, das iſt wieder ein Streich von dir —

Champagne. Ja, gnädiger Herr, ich hab' es ſo veranſtaltet, ich läugn' es gar nicht — ich rühme mich deſſen — die Pflicht eines rechtſchaffenen Dieners habe ich erfüllt, da ich Unglück verhütete.

Oberſt. Sie können mir's glauben, meine Her-ren! der, den Sie ſuchen, bin ich nicht, ich bin ſein Onkel.

Erſter Unterofficier. Sein Onkel? Gehn Sie doch! Sie gleichen dem Herrn Onkel außerordent-lich, ſagt man, aber uns ſoll dieſe Aehnlichkeit nicht be-trügen.

Oberſt. Aber ſehen Sie mich doch nur recht an! Ich habe ja eine Perrücke, und mein Neffe trägt ſein eigenes Haar.

Erster Unterofficier. Ja, ja, wir wissen recht gut, warum Sie die Tracht Ihres Herrn Onkels angenommen — Das Stückchen war sinnreich; es thut uns leid, daß es nicht besser geglückt ist.

Oberst. Aber, mein Herr, so hören Sie doch nur an—

Erster Unterofficier. Ja, wenn wir jeden anhören wollten, den wir festzunehmen beordert sind — wir würden nie von der Stelle kommen — Belieben Sie uns zu folgen, Herr von Dorsigny! Die Postchaise hält vor der Thür und erwartet uns.

Oberst. Wie? was? die Postchaise?

Erster Unterofficier. Ja, Herr! Sie haben Ihre Garnison heimlich verlassen! Wir sind beordert, Sie stehenden Fußes in den Wagen zu packen und nach Straßburg zurückzubringen.

Oberst. Und das ist wieder ein Streich von diesem verwünschten Taugenichts! Ha, Lotterbube!

Champagne. Ja, gnädiger Herr, es ist meine Veranstaltung — Sie wissen, wie sehr ich dawider bin, daß Sie Straßburg ohne Urlaub verließen.

Oberst (hebt den Stock auf.) Nein, ich halte mich nicht mehr —

Beide Unterofficiere. Mäßigen Sie sich, Herr von Dorsigny.

Champagne. Halten Sie ihn, meine Herren! ich bitte — Das hat man davon, wenn man Undankbare verpflichtet. Ich rette vielleicht Ihr Leben, da ich diesem unseligen Duell vorbeuge, und zum Dank hätten Sie mich todt gemacht, wenn diese Herren nicht so gut gewesen wären, es zu verhindern.

Oberst. Was ist hier zu thun, Lormeuil?

Lormeuil. Warum berufen Sie sich nicht auf die Personen, die Sie kennen müssen?

Oberst. An wen, zum Teufel! soll ich mich wen=
den? Meine Frau, meine Tochter sind ausgegangen —
meine Nichte ist vom Complot — die ganze Welt ist
behext.

Lormeuil. So bleibt nichts übrig, als in Got=
tes Namen nach Straßburg zu reisen, wenn diese Leute
nicht mit sich reden lassen.

Oberst. Das wäre aber ganz verwünscht —

Erster Unterofficier (zu Champagne.) Sind
Sie aber auch ganz gewiß, daß es der Neffe ist?

Champagne. Freilich! Freilich! Der Onkel
ist weit weg — Nur Stand gehalten! Nicht gewankt!

Dritter Auftritt.
Ein Postillon. Vorige.

Postillon (betrunken.) He! Holla! Wird's bald,
ihr Herren? Meine Pferde stehen schon eine Stunde
vor dem Hause, und ich bin nicht des Wartens wegen da.

Oberst. Was will der Bursch?

Erster Unterofficier. Es ist der Postillon,
der Sie fahren soll.

Postillon. Sieh doch! Sind Sie's, Herr
Hauptmann, der abreist? — Sie haben kurze Geschäfte
hier gemacht — Heute Abend kommen Sie an, und in
der Nacht geht's wieder fort.

Oberst. Woher weißt denn du?

Postillon. Ei! Ei! War ich's denn nicht,
der Sie vor etlichen Stunden an der Hinterthür dieses
Hauses absetzte? Sie sehen, mein Capitän, daß ich
Ihr Geld wohl angewendet — ja, ja, wenn mir einer
was zu vertrinken gibt, so erfüll' ich gewissenhaft und
redlich die Absicht.

Oberst. Was sagst du, Kerl? Mich hättest du gefahren! Mich?

Postillon. Sie, Herr! — Ja doch, beim Teufel, und da steht ja Ihr Bedienter, der den Vorreiter machte — Gott grüß' dich, Gaudieb! Eben der hat mir's ja im Vertrauen gesteckt, daß Sie ein Herr Hauptmann seien und von Straßburg heimlich nach Paris gingen. —

Oberst. Wie, Schurke? Ich wäre das gewesen?

Postillon. Ja, Sie! Und der auf dem ganzen Wege laut mit sich selbst sprach und an Einem fort rief: Meine Sophie! Mein liebes Bäschen! Mein englisches Cousinchen! — Wie? Haben Sie das schon vergessen?

Champagne (zum Oberst.) Ich bin's nicht, gnädiger Herr, der ihm diese Worte in den Mund legt — Wer wird aber auch auf öffentlicher Poststraße so laut von seiner Gebieterin reden!

Oberst. Es ist beschlossen, ich seh's, ich soll nach Straßburg, um der Sünden meines Neffen willen —

Erster Unterofficier. Also, mein Herr Hauptmann —

Oberst. Also, mein Herr Geleitsmann, also muß ich freilich mit Ihnen fort, aber ich kann Sie versichern, sehr wider meinen Willen.

Erster Unterofficier. Das sind wir gewohnt, mein Capitän, die Leute wider ihren Willen zu bedienen.

Oberst. Du bist also mein Bedienter?

Champagne. Ja, gnädiger Herr.

Oberst. Folglich bin ich Dein Gebieter.

Champagne. Das versteht sich.

Oberſt. Ein Bedienter muß ſeinem Herrn folgen — du gehſt mit mir nach Straßburg.

Champagne (für ſich). Verflucht!

Poſtillon. Das verſteht ſich — Marſch!

Champagne. Es thut mir leid, Sie zu betrü=ben, gnädiger Herr — Sie wiſſen, wie groß meine Anhänglichkeit an Sie iſt — ich gebe Ihnen eine ſtarke Probe davon in dieſem Augenblick — aber Sie wiſſen auch, wie ſehr ich mein Weib liebe. Ich habe ſie heute nach einer langen Trennung wieder geſehen! Die arme Frau bezeigte eine ſo herzliche Freude über meine Zu=rückkunft, daß ich beſchloſſen habe, ſie nie wieder zu verlaſſen und meinen Abſchied von Ihnen zu begehren. Sie werden ſich erinnern, daß Sie mir noch von drei Monaten Gage ſchuldig ſind.

Oberſt. Dreihundert Stockprügel bin ich dir ſchuldig, Bube!

Erſter Unterofficier. Herr Capitän, Sie haben kein Recht, dieſen ehrlichen Diener wider ſeinen Willen nach Straßburg mitzunehmen — und wenn Sie ihm noch Rückſtände ſchuldig ſind —

Oberſt. Nichts, keinen Heller bin ich ihm ſchuldig.

Erſter Unterofficier. So iſt das kein Grund, ihn mit Prügeln abzulohnen.

Lormeuil. Ich muß ſehen, wie ich ihm heraus helfe — Wenn es nicht anders iſt — in Gottes Na=men, reiſen Sie ab, Herr von Dorſigny. Zum Glück bin ich frei; ich habe Freunde; ich eile, ſie in Bewe=gung zu ſetzen, und bringe Sie zurück, eh' es Tag wird.

Oberſt. Und ich will den Poſtillon dafür bezah=len, daß er ſo langſam fährt als möglich, damit Sie mich noch einholen können — (Zum Poſtillon.) Hier, Schwa=

ger! Vertrink' das auf meine Gesundheit — aber du mußt mich fahren —

Postillon (treuherzig). Daß die Pferde dampfen.

Oberst. Nicht doch! nein! so mein' ich's nicht —

Postillon. Ich will Sie fahren wie auf dem Herweg! Als ob der Teufel Sie davon führte.

Oberst. Hol' der Teufel dich selbst, du verdammter Trunkenbold! Ich sage dir ja —

Postillon. Sie haben's eilig! Ich auch! Sei'n Sie ganz ruhig! Fort soll's gehen, daß die Funken hinaus fliegen. (Ab.)

Oberst (ihm nach). Der Kerl macht mich rasend! Warte doch, höre!

Lormeuil. Beruhigen Sie sich! Ihre Reise soll nicht lange dauern.

Oberst. Ich glaube, die ganze Hölle ist heute losgelassen. (Geht ab, der erste Unterofficier folgt.)

Lormeuil (zum zweiten) Kommen Sie, mein Herr, folgen Sie mir, weil es Ihnen so befohlen ist — aber ich sage ihnen vorher, ich werde Ihre Beine nicht schonen! Und wenn Sie sich Rechnung gemacht haben, diese Nacht zu schlafen, so sind Sie garstig betrogen, denn wir werden immer auf den Straßen sein.

Zweiter Unterofficier. Nach Ihrem Gefallen, gnädiger Herr — Zwingen Sie sich ganz und gar nicht — Ihr Diener, Herr Champagne! (Lormeuil und der zweite Unterofficier ab.)

Vierter Auftritt.

Champagne. Dann Frau von Mirville.

Champagne. (allein.) Sie sind fort — Glück zu, Champagne! Der Sieg ist unser! Jetzt frisch aus

3*

Werk, daß wir die Heirath noch in dieser Nacht zu Stande bringen — Da kommt die Schwester meines Herrn; ihr kann ich alles sagen.

Fr. v. Mirville. Ah, bist du da, Champagne? Weißt du nicht, wo der Onkel ist?

Champagne. Auf dem Weg nach Straßburg.

Fr. v. Mirville. Wie? Was? Erkläre dich!

Champagne. Recht gern, Ihr Gnaden. Sie wissen vielleicht nicht, daß mein Herr und dieser Lormeuil einen heftigen Zank zusammen gehabt haben.

Fr. v. Mirville. Ganz im Gegentheil. Sie sind als die besten Freunde geschieden, das weiß ich.

Champagne. Nun, so habe ich's aber nicht gewußt. Und in der Hitze meines Eifers ging ich hin, mir bei der Polizei Hilfe zu suchen. Ich komme her mit zwei Sergeanten, davon der eine Befehl hat, dem Herrn von Lormeuil an der Seite zu bleiben, der andere, meinen Herrn nach Straßburg zurück zu bringen. — Nun reitet der Teufel diesen verwünschten Sergeanten, daß er den Onkel für den Neffen nimmt, ihn beinahe mit Gewalt in die Kutsche packt, und fort mit ihm, jagst du nicht, so gilt's nicht, nach Straßburg!

Fr. v. Mirville. Wie, Champagne! du schickst meinen Onkel anstatt meines Bruders auf die Reise? Nein, das kann nicht dein Ernst sein.

Champagne. Um Vergebung, es ist mein voller Ernst — Das Elsaß ist ein charmantes Land; der Herr Oberst haben sich noch nicht darin umgesehen, und ich verschaffe Ihnen diese kleine Ergötzlichkeit.

Fr. v. Mirville. Du kannst noch scherzen? Was macht aber der Herr von Lormeuil?

Champagne. Er führt seinen Sergeanten in der Stadt spazieren.

Fr. v. Mirville. Der arme Junge! Er verdient wohl, daß ich Antheil an ihm nehme.

Champagne. Nun, gnädige Frau! Ans Werk! Keine Zeit verloren! Wenn mein Herr seine Cousine nur erst geheirathet hat, so wollen wir den Onkel zurückholen. Ich suche meinen Herrn auf; ich bringe ihn her, und wenn nur Sie uns beistehen, so muß diese Nacht alles richtig werden. (Ab.)

Fünfter Auftritt.

Frau von Mirville. Dann Frau von Dorsigny. Sophie.

Fr. v. Mirville. Das ist ein verzweifelter Bube; aber er hat seine Sache so gut gemacht, daß ich mich mit ihm verstehen muß — Hier kommt meine Tante; ich muß ihr die Wahrheit verbergen.

Fr. v. Dorsigny. Ach, liebe Nichte! Hast du meinen Onkel nicht gesehen?

Fr. v. Mirville. Wie? Hat er denn nicht Abschied von Ihnen genommen?

Fr. v. Dorsigny. Abschied! Wie?

Fr. v. Mirville. Ja, er ist fort.

Fr. v. Dorsigny. Er ist fort? Seit wann?

Fr. v. Mirville. Diesen Augenblick.

Fr. v. Dorsigny. Das begreif' ich nicht. Er wollte ja erst gegen eilf Uhr wegfahren. Und wo ist er denn hin, so eilig?

Fr. v. Mirville. Das weiß ich nicht. Ich sah ihn nicht abreisen. Champagne erzählte mir's.

Sechster Auftritt.

Die Vorigen. **Franz Dorsigny** in seiner eigenen Uniform und ohne Perrücke. **Champagne.**

Champagne. Da ist er, Ihr Gnaden, da ist er!

Fr. v. Dorsigny. Wer? Mein Mann?

Champagne. Nein, nicht doch! Mein Herr, der Herr Hauptmann.

Sophie. (ihm entgegen). Lieber Vetter!

Champagne. Ja, er hatte wohl recht, zu sagen, daß er mit seinem Brief zugleich eintreffen werde.

Fr. v. Dorsigny. Mein Mann reist ab, mein Neffe kommt an! Wie schnell sich die Begebenheiten drängen!

Dorsigny. Seh' ich Sie endlich wieder, beste Tante! Ich komme voll Unruhe und Erwartung —

Fr. v. Dorsigny. Guten Abend, lieber Neffe!

Dorsigny. Welcher frostige Empfang?

Fr. v. Dorsigny. Ich bin herzlich erfreut, dich zu sehen. Aber mein Mann —

Dorsigny. Ist dem Onkel etwas zugestoßen?

Fr. v. Mirville. Der Onkel ist heute Abend von einer großen Reise zurückgekommen, und in diesem Augenblick verschwindet er wieder, ohne daß wir wissen, wo er hin ist.

Dorsigny. Das ist ja sonderbar!

Champagne. Es ist ganz zum Erstaunen!

Fr. v. Dorsigny. Da ist ja Champagne! Der kann uns allen aus dem Traume helfen.

Champagne. Ich, gnädige Frau?

Fr. v. Mirville. Ja, du! Mit dir allein hat der Onkel ja gesprochen, wie er abreiste.

Champagne. Das ist wahr! Mit mir allein hat er gesprochen.

Dorsigny. Nun, so sage nur, warum verreiste er so plötzlich?

Champagne. Warum? Ei, er mußte wohl! Er hatte ja Befehl dazu von der Regierung.

Fr. v. Dorsigny. Was?

Champagne. Er hat einen wichtigen geheimen Auftrag, der die größte Eilfertigkeit erfordert — der einen Mann erfordert — einen Mann — Ich sage nichts mehr! Aber Sie können sich etwas darauf einbilden, gnädige Frau, daß die Wahl auf den Herrn gefallen ist.

Fr. v. Mirville. Allerdings! Eine solche Aus=zeichnung ehrt die ganze Familie!

Champagne. Euer Gnaden begreifen wohl, daß er sich da nicht lange mit Abschiednehmen aufhalten konnte. Champagne, sagte er zu mir, ich gehe in wichtigen Staatsangelegenheiten nach — nach Sanct Petersburg. Der Staat befiehlt — ich muß gehorchen — beim ersten Postwechsel schreib ich meiner Frau — was übrigens die Heirath zwischen meinem Neffen und meiner Tochter betrifft — so weiß sie, daß ich vollkom=men damit zufrieden bin.

Dorsigny. Was hör' ich! mein lieber Onkel sollte—

Champagne. Ja, gnädiger Herr! er willigt ein. — Ich gebe meiner Frau unumschränkte Vollmacht, sagte er, alles zu beendigen, und ich hoffe bei meiner Zurückkunft unsere Tochter als eine glückliche Frau zu finden.

Fr. v. Dorsigny. Und so reiste er allein ab?

Champagne. Allein? Nicht doch! Er hatte noch einen Herrn bei sich, der nach etwas recht Vor=nehmem aussah —

Fr. v. Dorsigny. Ich kann mich gar nicht drein finden.

Fr. v. Mirville. Wir wissen seinen Wunsch. Man muß dahin sehen, daß er sie als Mann und Frau findet bei seiner Zurückkunft.

Sophie. Seine Einwilligung scheint mir nicht im geringsten zweifelhaft, und ich trage gar kein Bedenken, den Vetter auf der Stelle zu heirathen.

Fr. v. Dorsigny. Aber ich trage Bedenken — und will seinen ersten Brief noch abwarten.

Champagne (beiseite). Da sind wir nun schön gefördert, daß wir den Onkel nach Petersburg schicken.

Dorsigny. Aber, beste Tante!

Siebenter Auftritt.
Die Vorigen. Der Notarius.

Notar. (tritt zwischen Dorsigny und seine Tante). Ich empfehle mich der ganzen hochgeneigten Gesellschaft zu Gnaden.

Fr. v. Dorsigny. Sieh da, Herr Gaspar, der Notar unsers Hauses.

Notar. Zu Dero Befehl, gnädige Frau! Es beliebte Dero Herrn Gemahl, sich in mein Haus zu verfügen.

Fr. v. Dorsigny. Wie? Mein Mann wäre vor seiner Abreise noch bei Ihnen gewesen?

Notar. Vor Dero Abreise! Was Sie mir sagen! Sieh, sich doch! Darum hatten es der gnädige Herr so eilig und wollten mich gar nicht in meinem Hause erwarten. Dieses Billet ließen mir Hochdieselben zurück — Belieben Jhro Gnaden es durchzulesen. (Reicht der Frau von Dorsigny das Billet.)

Champagne (leise zu Dorsigny). Da ist der Notar, den Ihr Onkel bestellt hat.

Dorsigny. Ja, wegen Lormeuils Heirath.

Champagne (leise). Wenn wir ihn zu der Ihrigen brauchen könnten?

Dorsigny. Still! Hören wir, was er schreibt!

Fr. v. Dorsigny. (liest). „Haben Sie die Güte, „mein Herr, sich noch diesen Abend in mein Haus zu „bemühen und den Ehecontract mit zu bringen, den „Sie für meine Tochter aufgesetzt haben. Ich habe „meine Ursachen, diese Heirath noch in dieser Nacht „abzuschließen — Dorsigny.“

Champagne. Da haben wir's schwarz auf weiß! Nun wird die gnädige Frau doch nicht mehr an der Einwilligung des Herrn Onkels zweifeln?

Sophie. Es ist also gar nicht nöthig, daß der Papa Ihnen schreibt, liebe Mutter, da er diesem Herrn geschrieben hat.

Fr. v. Dorsigny. Was denken Sie von der Sache, Herr Gaspar?

Notar. Nun, dieser Brief wäre deutlich genug, dächt' ich.

Fr. v. Dorsigny. In Gottes Namen, meine Kinder! Seid glücklich! Gebt euch die Hände, weil doch mein Mann selbst den Notar herschickt.

Dorsigny. Frisch, Champagne! Einen Tisch, Feder und Tinte; wir wollen gleich unterzeichnen.

Achter Auftritt.

Oberst Dorsigny. Valcour. Vorige.

Fr. v. Mirville. Himmel! Der Onkel!

Sophie. Mein Vater!

Champagne. Führt ihn der Teufel zurück?

Dorsigny. Ja wohl, der Teufel! Dieser Val=
cour ist mein böser Genius!

Fr. v. Dorsigny. Was seh' ich! Mein Mann!

Valcour (den ältern Dorsigny präsentirend). Wie schätz' ich
mich glücklich, einen geliebten Neffen in den Schooß
seiner Familie zurückführen zu können! (Wie er den jüngern
Dorsigny gewahr wird.) Wie Teufel, da bist du ja — (Sich zum
ältern Dorsigny wendend.) Und wer sind Sie denn, mein
Herr?

Oberst. Sein Onkel, mein Herr.

Dorsigny. Aber erkläre mir, Valcour —

Valcour. Erkläre du mir selbst! Ich bringe in
Erfahrung, daß eine Ordre ausgefertigt sei, dich nach
deiner Garnison zurück zu schicken — Nach unsäglicher
Mühe erlange ich, daß sie widerrufen wird — Ich werfe
mich aufs Pferd, ich erreiche noch bald genug die Post=
chaise, wo ich dich zu finden glaubte, und finde auch
wirklich —

Oberst. Ihren gehorsamen Diener, fluchend und
tobend über einen verwünschten Postknecht, dem ich
Geld gegeben hatte, um mich langsam zu fahren, und
der mich wie ein Sturmwind davon führte.

Valcour. Dein Herr Onkel findet es nicht für
gut, mich aus meinem Irrthum zu reißen; die Post=
chaise lenkt wieder um, nach Paris zurück, und da bin
ich nun — Ich hoffe, Dorsigny, du kannst dich nicht
über meinen Eifer beklagen.

Dorsigny. Sehr verbunden, mein Freund, für
die mächtigen Dienste, die du mir geleistet hast! Es
thut mir nur leid um die unendliche Mühe, die du dir
gegeben hast.

Oberst. Herr von Valcour! Mein Neffe erkennt
Ihre große Güte vielleicht nicht mit der gehörigen

Dankbarkeit; aber rechnen Sie dafür auf die mei=
nige.

Fr. v. Dorsigny. Sie waren also nicht unter=
wegs nach Rußland?

Oberst. Was Teufel sollte ich in Rußland?

Fr. v. Dorsigny. Nun, wegen der wichtigen
Commission, die das Ministerium Ihnen auftrug, wie
Sie dem Champagne sagten.

Oberst. Also wieder der Champagne, der mich
zu diesem hohen Posten befördert. Ich bin ihm un=
endlichen Dank schuldig, daß er so hoch mit mir hinaus
will. — Herr Gaspar, Sie werden zu Hause mein
Billet gefunden haben; es würde mir lieb sein, wenn
der Checontract noch diese Nacht unterzeichnet würde.

Notar. Nichts ist leichter, gnädiger Herr! Wir
waren eben im Begriff, dieses Geschäft auch in Ihrer
Abwesenheit vorzunehmen.

Oberst. Sehr wohl! Man verheirathet sich zu=
weilen ohne den Vater; aber wie ohne den Bräutigam,
das ist mir doch nie vorgekommen.

Fr. v. Dorsigny. Hier ist der Bräutigam!
Unser lieber Neffe.

Dorsigny. Ja, bester Onkel! Ich bin's.

Oberst. Mein Neffe ist ein ganz hübscher Junge;
aber meine Tochter bekommt er nicht.

Fr. v. Dorsigny. Nun, wer soll sie denn sonst
bekommen?

Oberst. ·Wer, fragen Sie? Zum Henker! Der
Herr von Lormeuil soll sie bekommen.

Fr. v. Dorsigny. Er ist also nicht todt, der
Herr von Lormeuil?

Oberst. Nicht doch, Madame! Er lebt, er ist hier.
Sehen Sie sich nur um, dort kommt er.

Fr. v. Dorsigny. Und wer ist denn der Herr, der mit ihm ist?

Oberst. Das ist ein Kammerdiener, den Herr Champagne beliebt hat, ihm an die Seite zu geben.

Neunter Auftritt.

Die Vorigen. Lormeuil mit seinem Unterofficier, der sich im Hintergrunde des Zimmers niedersetzt.

Lormeuil (zum Obersten). Sie schicken also Ihren Onkel an Ihrer Statt nach Straßburg? Das wird Ihnen nicht so hingehen, mein Herr.

Oberst. Sieh, sieh doch! Wenn du dich ja mit Gewalt schlagen willst, Lormeuil, so schlage dich mit meinem Neffen, und nicht mit mir.

Lormeuil (erkennt ihn). Wie? Sind Sie's? Und wie haben Sie's gemacht, daß Sie so schnell zurückkommen?

Oberst. Hier, bei diesem Herrn von Valcour bedanken Sie sich, der mich aus Freundschaft für meinen Neffen spornstreichs zurückholte.

Dorsigny. Ich begreife Sie nicht, Herr von Lormeuil! Wir waren ja als die besten Freunde von einander geschieden — Haben Sie mir nicht selbst, noch ganz kürzlich, alle Ihre Ansprüche auf die Hand meiner Cousine abgetreten?

Oberst. Nichts, nichts! Daraus wird nichts! Meine Frau, meine Tochter, meine Nichte, mein Neffe, alle zusammen sollen mich nicht hindern, meinen Willen durchzusetzen.

Lormeuil. Herr von Dorsigny! Mich freut's von Herzen, daß Sie von einer Reise zurück sind, die Sie wider Ihren Willen angetreten — Aber wir ha=

ben gut reden und Heirathspläne schmieden, Fräulein Sophie wird darum doch Ihren Neffen lieben.

Oberst. Ich verstehe nichts von diesem allem! Aber ich werde den Lormeuil nicht von Toulon nach Paris gesprengt haben, daß er als ein Junggeselle zurückkehren soll.

Dorsigny. Was das betrifft, mein Onkel — so ließe sich vielleicht eine Auskunft treffen, daß Herr von Lormeuil keinen vergeblichen Weg gemacht hätte. — Fragen Sie meine Schwester.

Fr. v. Mirville. Mich? Ich habe nichts zu sagen.

Lormeuil. Nun, so will ich denn reden — Herr von Dorsigny, Ihre Nichte ist frei; bei der Freundschaft, davon Sie mir noch heute einen so großen Beweis geben wollten, bitte ich Sie, verwenden Sie allen Ihren Einfluß bei Ihrer Nichte, daß sie es übernehmen möge, Ihre Wortbrüchigkeit gegen mich gut zu machen.

Oberst. Was? Wie? Ihr sollt ein Paar werden — Und dieser Schelm, der Champagne, soll mir für alle zusammen bezahlen.

Champagne. Gott soll mich verdammen, gnädiger Herr, wenn ich nicht selbst zuerst von der Aehnlichkeit betrogen wurde. — Verzeihen Sie mir die kleine Spazierfahrt, die ich Sie machen ließ! Es geschah meinem Herrn zum Besten.

Oberst (zu beiden Paaren). Nun, so unterzeichnet!

————

action or state continued in the present time, where in Engl.
the Perf. T. is employed, is illustrated here even in the verbal
noun with feit; mich schütteln ließ, was being jolted; freilich wohl,
undoubtedly; geben Sie's ihm heim, strike home to him; laß
mich nur machen, just leave it to me; mit gleicher Münze, in his
own coin (lit. with like coin); wird's balb? nearly through?
heben wir gegen einander auf, we are even (lit. we mutually can-
cel); unterst zu oberst, see Whit. Gr., 139, 2.

9 sc.   lebt sich's == lebt man or wird gelebt, see Whit. Gr., 288,
2; einen ganzen P. == ganz einem P.; brinnen contr. of barinnen;
nicht wahr? (ellipt.) isn't it? Ich möchte rasend werden, I could
go mad; angezogen kommt, is coming along; hätten nicht — zu
machen, you need not have made, &c.: was thut's, what does
it matter? ein Glück, lucky. (ellipt., supply ist es); es würde —
bekommen, we should be badly off; will fort (gehen), see Whit.
Gr., 259, 2; das sind, see Whit. Gr., 106, 3; mit, when an adv. or
separable prefix, may be rendered by *along with, in conjunc-
tion with, at the same time, also, too*, sometimes, however, no
equivalent is necessary; merk' ich jetzt wol, I begin to see; habe
ich zu verdanken, see Whit. Gr., 343, III., 1, c; zu meinem Glück,
lucky for me; er soll mir, for expletive dat. of pers. pron. see
Whit. Gr., 156, in this instance render: he shall pay up for
this, I warrant (mir); aufgeschoben ist nicht aufgehoben, putting
off a thing is not giving it up; in noch wenigstens is con-
tained the idea, that such a thing as taking a glass too much
would explain his conduct; aber so, but as it is!

10 sc.   Sie sind's, bin ich's, sie wären's, see Whit. Gr., 154, 4, f;
ist's zu verwundern, ist zu machen, see Whit. Gr., 343, III, 1, b;
hinaus (gehen) will.

12 sc.   ich erinnere mich's == ich erinnere mich bessen (sich erinnern
and a few other reflexives (Becker, Handb. p. 469) take the
remoter obj. in the Acc. as well as in the Gen., thus ich errinnert'
mich Keinen, der Nein gesagt hätte.   Göthe); mag's gut sein, let
it pass; also zur Sache, to come to the point; bemerkten render
by Perf. T.; daß ich's kurz mache, in short; steht zu hoffen == ist zu h.

13 sc.   sterblich verliebt, dead in love; nicht? didn't I? ist übel
baran, is badly off.

15 sc.   davon laßt uns ausgehen — with that supposition let
us start; man nimmt seine M., steps will be taken; wenn auch
ellipt. for wenn es auch mißlänge; im äußersten Falle bin ich gedeckt,
if it comes to the worst, I shall be safe.

ACT III.

1 *sc.* Es wird nichts daraus, it shan't be done! kein mehr, not another; du wirst's, for special use of es see Whit. Gr., 154, 4, e.

2 *sc.* es fällt mir — wollen, I haven't the slightest intention or desire of, &c.; stünden, subj. of an old imperf. stund for stand; lassen Sie sich nichts weiß machen, do not allow yourselves to be deceived; da ich — verhütete, by preventing; gehen Sie doch! go along with you! das hat man davon, that's what you get for it; vom, in the (lit. of the *i. e.* one of those engaged in it); gehal= ten, gewankt, see Act 1, sc. 4.

3 *sc.* ich bin — da, I didn't come here to wait; Gott grüß' dich, Gaudieb! Good evening to you, God bless you, you old rogue! (see Shakspeare, Henry V., Act 5, sc. 1); wenn es nicht anders ist, if it must be; ich sage dir ja render interrogatively; fort soll's gehen, we'll go.

4 *sc.* fort = fortfährt; jagst du nicht, so gilt's nicht, at a tearing rate.

6 *sc.* wie er abreiste = als er &c.; der — aussah, who had rather a distinguished air about him; drein for darein.

7 *sc.* zu Dero Befehl, at your service, your humble servant: (Dero old gen. pl. of der and die, retained in the early N. H. G. in humble address and in law-style for Ihr, Ihre); was Sie mir sagen! you don't tell me so? Sieh, sieh doch! Ah! indeed! Ihro for Ihre (*not* an old gen. pl., but a form fashioned after Dero); Hochdieselben (lit. His Eminent Self), His Honor.

8 *sc.* Wie Teufel, the deuce! Ich werfe, erreiche, finde Pres. T. in lively narration, see Whit. Gr., 324, 2; nach Paris zurück, be- fore nach supply fährt; sollte ich viz. thun; daß er — will, for having designs so high respecting me; aber wie viz. sich ver= heiraten kann.

9 *sc.* das wird J. nicht so h., mein Herr, this offence of yours, Sir, will not be passed over unnoticed (so); mit Gewalt — durchaus, absolutely, positively; aber wir haben gut reden, &c., but what is the use of all our talking and match-making; Ich werde den L. nicht, it is not at all likely that I, &c.; eine Auskunft ließe sich treffen, (lit. some information might be met with) some facts may be revealed in this case which will go to prove; keinen verg. Weg = en Weg nicht vergeblich; Gott soll mich ver= dammen; may I be confounded.